E. Weber

Sechsunddreissigster Jahresbericht des Mannheimer Vereins für Naturkunde

Anatiposi

E. Weber

Sechsunddreissigster Jahresbericht des Mannheimer Vereins für Naturkunde

Unveränderter Nachdruck der Originalausgabe von 1870.

1. Auflage 2023 | ISBN: 978-3-38240-161-0

Anatiposi Verlag ist ein Imprint der Outlook Verlagsgesellschaft mbH.

Verlag: Outlook Verlag GmbH, Zeilweg 44, 60439 Frankfurt, Deutschland
Vertretungsberechtigt: E. Roepke, Zeilweg 44, 60439 Frankfurt, Deutschland
Druck: Books on Demand GmbH, In de Tarpen 42, 22848 Norderstedt, Deutschland

Sechsunddreissigster Jahresbericht

des

Mannheimer

Vereins für Naturkunde.

Erstattet in der

General-Versammlung vom 19. Februar 1870

von

Dr. **E. Weber**.

als Vice-Präsident des Vereins.

Nebst wissenschaftlichen Beiträgen und dem Mitgliederverzeichnisse.

Mannheim.

Buchdruckerei von J. Schneider.

1870.

Jahres-Bericht

des

Mannheimer

Vereins für Naturkunde

erstattet in der

General-Versammlung vom 19. Februar 1870

von

Oberstabsarzt Dr. **E. Weber**,

als Vice-Präsident des Vereins.

Hochgeehrte Versammlung!

Nach Maasgabe der Statuten unserer Gesellschaft habe ich die Verpflichtung, Ihnen in der heutigen Generalversammlung einen übersichtlichen Bericht über die Thätigkeit derselben, wie über die wichtigsten Ereignisse im verflossenen Vereinsjahre, dem sechs und dreissigsten ihres Bestehens, zu erstatten.

Wenn auch die finanziellen Verhältnisse unserer Thätigkeit immer noch hemmend entgegentraten, so kann dieselbe dennoch keine ganz unerspriessliche genannt werden. Ihr Hauptaugenmerk war auf die Erhaltung und Ordnung der Sammlungen gerichtet, wozu wir schon deren Allerhöchstem Besitzer gegenüber verpflichtet sind. Es wurde eine genaue Revision der Säugethiere und Vögel vorgenommen, zu welchem ziemlich mühevollen Geschäfte unser Ehrenmitglied, Herr Prof. Dr. A. Pagenstecher in Heidelberg die Gefälligkeit hatte, uns einen seiner Präparatoren zu überlassen. Wir sind demselben hierfür zu bestem Danke verpflichtet Das Ergebniss dieser Durchsicht kann insofern günstig genannt werden, als eine in Anbetracht der Grösse der Sammlungen gewiss nur geringe Zahl von Säugethieren und Vögeln *) als wegen Alters und Zerstörung durch Insectenfrass völlig unbrauchbar, ausgeschossen werden musste. Auch die zahlreichen in Weingeist aufbewahrten Thiere, namentlich Fische und Reptilien wurden bezüglich der Conservirung einer genauen Revision unterworfen.

Wenn unsere Mittel uns auch keine Neuanschaffungen für die Sammlungen gestatteten, so wurden dieselben dennoch im verflossenen Jahre und zwar durch Geschenke nicht unerheblich vermehrt. Für die Mineraliensammlung erhielten wir durch Herrn Lehrer Ludw. Sillib ein schönes Exemplar von Meteoreisen aus Bora in Brasilien, welches derselben bis jetzt noch fehlte. Die Petrefactensammlung wurde von Herrn Handelsmann Sigmund Marx durch einen sehr grossen Schädel (Oberkiefertheil) von Elephas primigenius, welcher in dessen Gegenwart aus der Theis in Ungarn gefischt wurde, bereichert. Herr Dr. Gerlach übergab derselben mehrere fossile Knochen und ein Stück Bernstein mit Insecteneinschluss.

Für die zoologische Sammlung erhielten wir folgende Geschenke: von Herrn Alt-Oberbürger-

*) Von Säugethieren Antilope rupicapra, von Vögeln Psittacus albifrons, Ampelis garrulus und Numenius arcuata.

meister Reiss im Namen dessen Sohnes, des z. Z. in Südamerika weilenden Naturforschers Dr. W. Reiss eine grössere Zahl schöner Schmetterlinge und Netzflügler aus St. Fé de Bogota; an Vögeln: vom Berichterstatter Melopsittacus undulatus msc., von Herrn C. Jost Quelea sanguinirostris masc. u. fem., von Herrn Graf v. Oberndorff ein junges Männchen von Falco nisus, von Herrn Dr. Löffler eine Schmarotzer-Raubmöve Lestris parasiticus, fem. Für alle diese, theilweise sehr werthvolle Geschenke spricht unsere Gesellschaft den verehrten Gebern ihren verbindlichsten Dank aus.

Endlich wurden noch durch Tausch mit dem zoologischen Kabinete der Universität Heidelberg folgende exotische Vögel erworben: Astur magnirostris m. et f., Cassicus ater m. et f., Eudynamis orientalis m. et f., Hypsipedes psaroides, Ceryle torquata, Ampelis cedrorum, Porphyrio martinica m. et f.

Das Grossherzl. naturhistorische Museum war während der mildern Jahreszeit jeden Sonntag von 11—12 Uhr dem Gesammtpublikum zu freiem Eintritte geöffnet und erfreute sich eines sehr lebhaften Besuches, namentlich von Seiten der untern und mittlern Schichte der Gesellschaft, wobei wir nicht unterlassen können, den dringenden Wunsch auszusprechen, dass das Gleiche auch Seitens der höhern Klasse der hiesigen Bevölkerung, deren grösstem Theile die schöne Anstalt fremd zu sein scheint, stattfinden möge. Unser Verein hätte dann wohl auch nach besserer Würdigung seines Strebens auf grössere Theilnahme zu hoffen, deren er zu noch wirksamerer Entfaltung seiner Thätigkeit so sehr bedarf.

Die Beziehungen unserer Gesellschaft zu in- und ausländischen Schwestervereinen und wissenschaftlichen Anstalten sind in erfreulicher Zunahme begriffen. Es traten in verflossenem Vereinsjahre mit unserer Gesellschaft in literarischen Tauschverkehr:

1) Die naturwissenschaftl. Gesellschaft zu Chemnitz.
2) Der naturwissenschaftliche Verein für das Fürstenthum Lüneburg.
3) Der botanische Verein zu Landshut.
4) Der naturwissenschaftliche Verein für Neu-Vorpommern und Rügen.
5) Das k Russische physikalische Centralobservatorium zu St. Petersburg.
6) The United States naval observatory in Washington.
7) The Wisconsin state agricultural society in Madison.
8) The Harvard college in Cambridge.
9) Die Redaction der Zeitschrift Nature, a weakly illustradet journal of science in London.

Die Zahl der mit unserer Gesellschaft in Tauschverkehr stehenden wissenschaftlichen Anstalten und Vereine ist jetzt auf 115 angewachsen.

Diesen Beziehungen und der freundlichen Einsendung einer nicht geringen Zahl grösserer und kleinerer wissenschaftlicher Abhandlungen durch deren Verfasser, welchen wir hiermit unsern verbindlichsten Dank aussprechen, verdankt nicht nur unsere Bibliothek einen nicht unbeträchtlichen Zuwachs, sondern war auch in Verbindung mit den namhaften Anschaffungen aus Vereinsmitteln dem medicinischen wie naturwissenschaftlichen Lesezirkel stets reichliches Material zu wissenschaftlicher Unterhaltung und Belehrung geboten. In jeder der beiden Abtheilungen des letztern circulirten im verflossenen Jahre 126 naturwissenschaftliche Schriften, theils populären, theils streng wissenschaftlichen Inhaltes.

Auch von Seiten hiesiger Gönner erfreute sich unsere Bibliothek sehr werthvoller Geschenke. So übergab Frau Hofrath Seitz Wittwe nach dem Wunsche ihres sel. Gatten derselben dessen sehr ansehnliche medicinische Bibliothek. Herr Kaufmann De Nesle bereicherte dieselbe mit einer schönen Ausgabe von „Buffon oeuvres completes" in 58 Bänden. Für diese sehr werthvolle Geschenke ist unsere verehrte Gesellschaft den verehrten Gebern zu ganz besonderem Danke verpflichtet.

Die meteorologischen Beobachtungen wurden von Ihrem Berichterstatter, welchem, wie bereits im vorjährigen Berichte erwähnt, auch die hiesige meteorologische Station übertragen wurde, in gleicher Weise wie früher fortgesetzt. Zu den früher genannten 10 Beobachtungsstationen unseres Landes traten gegen Ende des verflossenen Jahres 4 weitere, nämlich zu Badenweiler, Schopfheim, Schweigmatt und Bretten hinzu, von welchen jedoch bis jetzt nur letztere mit allen meteorologischen Instrumenten ausgestattet ist, während an den drei andern wesentlich nur das klimatische Interesse durch Beobachtungen von Temperatur- und Niederschlagsverhältnissen vertreten werden soll.

Was die Verwaltung unserer Gesellschaft betrifft, so fungirten nach der in der Generalversammlung vom 20. Februar v. J. stattgehabten Vorstandswahl im verflossenen Vereinsjahre:

1) Als Präsident:

Herr Graf Alfred von Oberndorff.

2) Als Vicepräsident, zugleich Custos des Grossherzogl. naturhistorischen Museums:

Der Berichterstatter.

3) Als erster Secretär:
Herr prakt. Arzt Dr. Gerlach.
4) Als zweiter Secretär:
Herr Hofastronom Prof. Dr. Schönfeld.
5) Als Bibliothekar:
Herr prakt. Arzt Dr. Grohe.
6) Als Cassier:
Herr Apotheker Dr. Hirschbrunn.

Die einzelnen Sectionen hatten folgende Mitglieder zu Repräsentanten:

1) Die zoologische Section: Die Herren Dr. Weber (Vorsitzender), Graf A. v. Oberndorff, Dr. phil. Eyrich.
2) Die botanische Section: Die Herren Hofgärtner Stieler (Vorsitzender) *), Hofapotheker Wahle, prakt. Arzt Dr. Gerlach.
3) Die physikalisch-mineralogische Section: Die Herren Prof. Dr. Schönfeld (Vorsitzender), Director Dr. Schröder, Dr. Hirschbrunn.
4) Die medicinische Section: Die Herren Dr. Stephani (Vorsitzender), Hofrath Dr. Zeroni, Medicinalrath Dr. Bensinger, Dr. Stegmann.

Im grossen Ausschusse war das Grossherzogliche Lyceum durch dessen Director, Herrn Hofrath Behaghel, die Stadtgemeinde durch Herrn Gemeinderath Hoff vertreten.

Zu den Personalverhältnissen unserer Gesellschaft übergehend, kann ich Ihnen leider nur wenig erfreuliche Mittheilungen machen, indem nicht nur der Tod tiefe, zum Theil schwer ersetzliche Lücken

*) Während dessen Erkrankung und nach seinem am 20. Mai erfolgten Ableben versah Herr Dr. Gerlach dessen Funktion.

in die Zahl unserer Mitglieder riss, sondern dieselbe auch durch Austritt in der Art gelichtet wurde, dass der Abgang durch den Zugang neuer Mitglieder nur theilweise ersetzt wurde.

Durch den Tod der Herren Hofrath Dr. Seitz und Hofgärtner Stieler, welche beide zu den Gründern unseres Vereins im Jahre 1834 gehörten, verlor derselbe seine langjährige und bewährte Vorsteher der medicinischen und botanischen Section und erstere namentlich zugleich ihren ebenso umsichtigen wie gewissenhaft pünktlichen Geschäftsführer des medicinischen Lesezirkels, welchem er bis kurze Zeit vor seinem Ableben noch seine durch langes und schmerzhaftes Leiden tief erschütterte Kräfte widmete. Unsere Gesellschaft wird den beiden Hingeschiedenen ein dankbar ehrendes Andenken bewahren. Die uns ebenfalls durch den Tod entrissene Frau Fürstin v. Hohenlohe-Bartenstein Durchlaucht schenkte unserer Gesellschaft seit dem Jahre 1837 eine stets gleich warme Theilnahme bis zu ihrem am 6. Jan. in hohem Alter erfolgten Ableben. Ausserdem haben wir in dem Tode der Herren Weinhändler Abrah. Nauen jun. und Bezirksarzt Wilckens in Weinheim den Verlust zweier sehr ehrenwerther Mitglieder zu beklagen.

Durch freiwilligen Austritt, in 2 Fällen bedingt durch Wegzug, verloren wir 7 ordentliche Mitglieder, wogegen folgende 7 neue in unsern Verein aufgenommen wurden, nämlich

Herr Fabrikdirector Oscar Falke,
„ prakt. Arzt Otto Reinbold in Käferthal,
„ prakt. Arzt Eduard Erkenbrecht in Hockenheim,
„ Handelsmann Julius Darmstädter,
„ Handelsmann Joseph Böhm,

Hr. prakt. Arzt Anton Mackle in Ladenburg,
„ Professor Wolfgang Vogelgesang.

Die Gesammtzahl der ordentlichen Vereinsmitglieder belief sich demnach am Schlusse des vergangenen Jahres auf 118.

Auch aus der Zahl unserer Ehrenmitglieder erlitten wir durch den Tod schwere Verluste. In Herrn Hermann von Meyer, welcher am 2. April 1869 in Frankfurt a. M. starb, verlor die Paläontologie, namentlich im Gebiete der Wirbelthiere, ihre erste Autorität, unser Verein einen warmen Gönner. Herr Carl Claus, früher Bergwerkdirector hier, später Chef einer Grosshandlung in Nürnberg und vielen unserer Mitglieder ein lieber Freund, welcher in Meran, wo er Heilung seines Brustleidens suchte, vom Tode ereilt wurde, hat sich durch sehr schätzenswerthe literarische Beiträge zu unsern Jahresberichten und der Vereinsbibliothek in unserer Gesellschaft ein bleibendes ehrenvolles Denkmal gesetzt. In Herrn Hofrath Dr. Oettinger, Professor der Mathematik in Freiburg i. B., verlor unser Verein ebenfalls ein hochgeachtetes Ehrenmitglied, Ihr Berichterstatter einen geliebten Jugendlehrer. *)

*) Nachdem der Druck unseres Berichtes bereits begonnen, kam uns die Nachricht eines weitern Verlustes zu. Es starb nämlich Ende vorigen Jahres in Abessinien, wo er seit ungefähr 30 Jahren unter sehr wechselnden Verhältnissen lebte, unser Landsmann und Ehrenmitglied, der Naturforscher Wilhelm Schimper, im Alter von 65 Jahren. Der Hingeschiedene, welcher sich durch unermüdliches Forschen und Sammeln namhafte Verdienste um die Naturwissenschaft und speciell um die Botanik erworben, hat sich auch in unserem Vereine durch interessante und werthvolle Beiträge zum Herbarium ein bleibendes ehrenvolles Andenken gesichert.

Zu Ehrenmitgliedern unserer Gesellschaft wurden durch deren grossen Ausschuss in seiner Sitzung am 20. Februar die Herren Professor Paul Reinsch in Zweibrücken und Dr. Ascherson in Berlin ernannt.

Die Zahl der Ehrenmitglieder beläuft sich auf 80.

Ich glaube hier noch eines Verlustes Erwähnung thun zu müssen, welchen namentlich die Geschäftsführer der beiden Lesezirkel unseres Vereins durch den im vorigen Sommer erfolgten Tod ihres langjährigen Dieners J. Baroggio erlitten. Derselbe besorgte das Herumtragen des medicinischen Zirkels über 30 Jahre lang, das des naturwissenschaftlichen Zirkels seit seiner Gründung im Jahre 1859 mit seltener Pünktlichkeit und Gewissenhaftigkeit ohne Unterbrechung bis wenige Tage vor seinem Tode.

Schliesslich gebe ich Ihnen in Folgendem eine Darstellung der finanziellen Verhältnisse des Vereins nach der Zusammenstellung unseres Herrn Cassiers.

A. Einnahmen.

	fl.	kr.
Cassenrest vorjähriger Rechnung	—	—
1) Jahresbeiträge der Mitglieder	436	30
2) Staatsbeitrag	500	—
3) Jahresbeitrag und Zuschuss der Aerzte zur medicinischen Section	331	—
Gesammtsumme der Einnahmen	1268	10

B. Ausgaben.

	fl.	kr.
1) Vorschuss des Rechners	113	21
2) Zur Vogt'schen Rente	125	—
	238	21

	fl.	kr.
Uebertrag . .	238	21
3) Zoologische Section	84	35
4) Botanische Section	12	—
5) Medicinische Section	335	44
6) Allgemeine Section und Administration .	654	45
Gesammtsumme der Ausgaben	1325	25

C. Bilance.

	fl.	kr.
Ausgaben	1325	25
Einnahmen	1268	10
Demnach Ueberschuss der Ausgaben	57	15

Dieses Defizit reducirt sich in Wirklichkeit auf 53 fl. 11 kr., indem die medicinische Section 4 fl. 4 kr. durch Umlage zu ersetzen hat.

Es ergibt sich aus dem Vorstehenden, dass, wenn keine unvorhergesehene Fälle eintreten, und namentlich unserer Gesellschaft eine erhöhte Theilnahme durch Eintritt neuer Mitglieder zugewendet wird, eine endliche Herstellung des so wünschenswerthen Gleichgewichtes zwischen Einnahmen und Ausgaben gehofft werden kann.

Verzeichniss der Schriften,

welche der Vereins-Bibliothek im Jahre 1869 zugingen.

A. Im Tauschverkehr wurden von auswärtigen gelehrten Gesellschaften und Vereinen, sowie als Geschenke von Staatsstellen und einzelnen Autoren eingesandt:

1) Sitzungsberichte der kgl. bayerischen Akademie der Wissenschaften zu München 1868 II. Heft 2—4. 1869 I. Heft 1—3.
2) Mittheilungen des naturwissenschaftlichen Vereins für Steiermark. V. Heft. Graz 1868.
3) Jahrbuch des naturhistorischen Landes-Museums in Kärnten. VIII. Heft. Klagenfurt 1868.
4) Der zoologische Garten. Zeitschrift für Beobachtung, Pflege und Zucht der Thiere. herausg. von Dr. F. C. Noll, IX. Jahrgang. 1868 Nr. 7—12. X. Jahrg. 1869 Nr. 1—12. Geschenk der zoolog. Gesellschaft zu Frankfurt a/M.
5) Correspondenzblatt des zoologisch-mineralogischen Vereins in Regensburg. XXII. Jahrgang. Regensburg 1868.
6) Fünfundzwanzigster bis siebenundzwanzigster Jahresbericht der Pollichia. Dürkheim a H. 1868.

7) Jahreshefte des naturwissenschaftlichen Vereins für das Fürstenthum Lüneburg III. 1867.

8) Bericht der naturwissenschaftlichen Gesellschaft zu Chemnitz, umfassend die Jahre 1859—64. Chemnitz 1865.

9) Zweiter Bericht derselben Gesellschaft für die Jahre 1864—68. Chemnitz 1868.

10) Lotos. Zeitschrift für Naturwissenschaften, herausg. von dem naturhistor. Verein „Lotos" in Prag. XVIII. Jahrg. Prag 1868.

11) Verhandlungen der k. k. zoologisch-botanischen Gesellschaft in Wien. Jahrg 1868, XVIII. Band. Heft 1—4.

12) Neues Lausitzisches Magazin. Im Auftrage der Oberlausitzischen Gesellschaft der Wissenschaften, herausg von Prof Dr. E. E. Struve. 45 Bde. 2. Heft. 46 Bde. 1. u. 2. Abthlg. 1869.

13) Neunter Bericht des Offenbacher Vereins für Naturkunde über seine Thätigkeit vom 12. Mai 1867 bis 17. Juni 1868. Offenbach a M. 1868.

14) Jahrbuch der k. k. geologischen Reichsanstalt in Wien. XVIII. Band 1868 Nr. 3—4, XIX. Band 1869 Nr. 1—3.

15) Verhandlungen der k. k. geologischen Reichsanstalt in Wien, 1868 No. 11—18. 1869 Nr. 1—16.

16) Wochenblatt des landwirthschaftlichen Vereins im Grossherzogthum Baden. Jahrg. 1868.

17) Verhandlungen des naturhistorischen Vereins in Carlsruhe. III. und IV. Heft. Carlsruhe 1869.

18) Jahresbericht des physikalischen Vereins zu Frankfurt a M. für das Rechnungsjahr 1867—68.

19) Archiv des Vereins der Freunde der Naturgeschichte in Mecklenburg, herausg. von Dr. C. M. Wiechmann XXII. Jahrg. Güstrow 1867.

20) Bericht der Wetterau'schen Gesellschaft für die gesammte Naturkunde zu Hanau über den Zeitabschnitt vom 14. Okt. 1863 bis 31. Dec. 1867. Hanau 1868.

21) Dreizehnter Bericht der Oberhessischen Gesellschaft für Natur- und Heilkunde. Giessen 1869.

22) Mittheilungen der k. k. Mährisch-Schlesischen Gesellschaft zur Beförderung des Ackerbaues, der Natur- und Landeskunde in Brünn. Jahrgan- 1868.

23) Monatsblatt des Badischen Vereins für Geflügelzucht. Jahrg. 1868 Nr. 11—12. 1869 Nr 1—12.

24) Der Gartenfreund. Mittheilungen aus allen Fächern des Gartenbaues. Herausg. von der k. k. Gartenbau-Gesellschaft in Wien. II. Jahrgang. Nr. 6—11.

25) Rheinische Gartenschrift (Hauptorgan des Verbandes rheinischer Gartenbauvereine.) Herausg. von dem Gartenbauverein für das Grossherzogthum Baden in Carlsruhe. Red. von J. Göthe. 1869 Jan.—December.

26) Uebersicht der meteorologischen Beobachtungen an den Grossh. Badischen meteorologischen Stationen von November 1868—69. Mitgetheilt von der Grossh. Centralstation in Carlsruhe.

27) Abhandlungen, herausg. vom naturwissenschaftlichen Verein zu Bremen. II. Band. I. Heft 1869.

28) Sitzungsberichte des Vereins der Aerzte in Steiermark. V. Vereinsjahr 1868. Nr. 6—11. Graz 1868.

29) Generalversammlungs-Bericht der Wein- und Gartenbau-Gesellschaft in Peterwardein am 28. Febr. 1869. Neusatz 1869.

30) Verhandlungen des naturhistorisch-medicinischen Vereins zu Heidelberg. Band V. Heft 1—2.

31) Verhandlungen des naturhistor. Vereins der preussischen Rheinlande und Westphalens, herausg. von Dr. C. J. Andrae. XXV. Jahrg. III. Folge. V. Jahrg Bonn 1868.

32) Verhandlungen des naturforschenden Vereins in Brünn. VI. Band. 1867.

33) Notizblatt des Vereins für Erdkunde und verwandte Wissenschaften zu Darmstadt und des mittelrheinischen geologischen Vereins, nebst Mittheilungen aus der Grossh. Hessischen Centralstelle für die Landesstatistik. III. Folge 6. Heft Nr. 81—88. Darmstadt 1868—69

34) Schweizerische meteorologische Beobachtungen, herausg. von der meteorolog. Centralanstalt der schweizerischen naturforsch. Gesellschaft unter der Direktion von Prof. Dr. R. Wolf. Jahrg. 1868, April bis November.

35) Bericht über die Thätigkeit der St. Gallischen naturwissenschaftlichen Gesellschaft während des Vereinsjahres 1867—68. St. Gallen 1868.

36) Verhandlungen der naturforschenden Gesellschaft in Basel. V. Theil. 2. Heft. Basel 1869.

37) Zeitschrift für die gesammten Naturwissenschaften, herausg. von dem naturwissenschaftl. Verein für Sachsen und Thüringen in Halle, redigirt von E Giebel und M. Sievert, Band XXXII 1868. Nr. 7—12, Band XXXIII. 1869. Berlin 1868 bis 1869.

38) Jahresbericht der naturforschenden Gesellschaft Graubündens. Neue Folge. XIV. Jahrg. Vereinsjahr 1868—69. Chur 1869.

39) Die Bäder von Bormio und die sie umgebende Gebirgswelt. I. Theil. Von der naturforsch. Gesellschaft Graubündens.

40) Die Thermen von Bormio von Dr. Meyer-Ahrens und Chr. G. Brügger, Zürich 1869. — Desgleichen.
41) Correspondenzblatt des naturforschenden Vereins zu Riga. XVIII. Jahrg. Riga 1869.
42) Achter Bericht der naturforschenden Gesellschaft in Bamberg für die Jahre 1866—68.
43) Mittheilungen der naturforschenden Gesellschaft in Bern aus dem Jahre 1868. Nr. 654—83. Bern 1869.
44) Verhandlungen der schweizerischen naturforschenden Gesellschaft in Einsiedeln am 24.—26. August 1868, 52. Jahresversammlung.
45) Zwanzigster Bericht des naturhistorischen Vereins in Augsburg. Augsburg 1869.
46) Vierundfünfzigster Jahresbericht der naturforschenden Gesellschaft in Emden Jahrg. 1868. Emden 1869.
47) Das Gesetz der Winde, abgeleitet von dem Auftreten derselben über Nord-West-Europa von Dr. M. A. F. Prestel. Emden 1869. Von der naturforschenden Gesellschaft in Emden.
48) Schriften der Königl. physikalisch-ökonomischen Gesellschaft zu Königsberg, IX. Jahrg. 1868.
49) Mittheilungen des naturwissenschaftlichen Vereins für Steyermark II. Band I. Heft. Gratz 1869.
50) Vierteljahrschrift der naturforschenden Gesellschaft in Zürich. XII. und XIII. Jahrg. 1867—68.
51) Erster und zweiter Bericht des botanischen Vereins in Landshut. Landshut 1866—68.
52) Statuten des botanischen Vereins in Landshut 1869.
53) Verhandlungen des botanischen Vereins für die Provinz Brandenburg und die angrenzenden Länder. IX. Jahrg. Berlin 1867. — Geschenk von Hr. Dr. P. Ascherson.

54) Das Chronoscop, Instrument zur Bestimmung der Zeit und der Polhöhe ohne Rechnung. Von C. A. Steinheil. München 1867.

55) Ueber Theorien der Ernährung thierischer Organisation. Von Carl Voit. München 1868.

56) Beiträge zur Kenntniss der Proeän- oder Kreide-Formation im nordwestlichen Böhmen in Vergleichung mit den gleichzeitigen Ablagerungen in Bayern und Sachsen. Von C. W. Gümbel. München 1868.

57) Versuche über die Wasserverdunstung auf besätem und unbesätem Boden. Von August Vogel. München 1867.

58) Denkrede auf Heinr. Aug. von Vogel, gehalten in der öffentlichen Sitzung der k. Akademie der Wissenschaften am 28. März 1868 von Aug. Vogel. München 1868.

Nro. 53—57 von der k. bayerischen Akademie der Wissenschaften.

59) Die Zoophyten und Echinodermen des adriatischen Meeres von Prof. Cam. Heller in Insbruck. Wien 1868. — Geschenk der k. k. zoolog. botan. Gesellschaft in Wien.

60) Die Vegetationsverhältnisse von Croatien von Dr. Aug. Neilreich. Wien 1868. — Desgleichen.

61) Leitende Gesichtspunkte eines Organisationssystems zur Förderung und Durchführung der Gesundheitspflege von Prof. Dr. Rudolph Ritter v. Vivenot jun. Wien 1869 — Geschenk des Hr. Verfassers.

62) Der Neutitschheiner landwirthschaftliche Verein, sein Entstehen und Wirken seit 23. Nov. 1862 bis Ende Dez. 1867 von Carl Umlauff. Kremsier 1868. — Geschenk des Hr. Verfassers.

63) Die Witterungsverhältnisse des Jahres 1868 und Vergleichung derselben mit dem fünfjährigen Mittel von Dr. H. Möhl in Cassel. — Geschenk des Hr. Verfassers.

64) Ueber die prophylaktische Anwendung des Chinin gegen Malaria — Intoxication. Von Prof. Dr. R. Ritter v. Vivenot jun. Wien 1869. — Geschenk des Hrn. Verfassers.

65) Ueber die geologischen Verhältnisse der Quellen zu Kissingen, von F. Sandberger. — Desgleichen.

66) Bemerkungen über die Diluvial-Gerölle des Rheinthales bis Karlsruhe von F. Sandberger. — Desgleichen.

67) Versuch einer Statistik des Grossherzogthums Hessen auf Grundlage der Bodenbeschaffenheit von Rudolph Ludwig. Darmstadt 1868. — Geschenk der Grossh. hessischen Centralstelle für die Landesstatistik.

68) Kritische mikroskopisch-mineralogische Studien von Prof. Dr. H. Fischer. Freiburg i. B. 1869. — Geschenk des Hrn. Verfassers.

69) Chronologischer Ueberblick über die allmäliche Einführung der Mikroskopie in das Studium der Mineralogie. Petrographie und Paläontologie von Prof. Dr. H. Fischer. — Desgleichen.

70) Die Mineralogie in ihren neuesten Entdekungen und Fortschritten im Jahre 1868 von Dr. A. F. Besnard, königl. bayer. Stabsarzt in München. — Geschenk des Hrn. Verfassers.

71) Bulletin de la société Vaudoise des sciences naturelles. Vol. X. Nro. 60—61 Lausanne 1868—69.

72) Oeuvres complètes de Buffon, in 58 Bänden. — Geschenk von Hr. Kaufmann De Nesle.

73) Bulletin de la société d'historie naturelle de Colmar 8. und 9. années. Colmar 1868.

74) Reapparition du genre Arethusina Barr und Faune silurienne des environs de Hof en Bavierè, par Joachim Barrande. Prag und Paris 1868. — Von Hr. Prof. Sandberger in Würzburg.

75) Annuaria della società dei naturalisti in Modena. Anno IV. Modena 1869.

76) Annual report of the Commissioner of patents for the year 1866. 3 Vol. Washington 1867.

77) Annual report of the board of regents of the Smithsonian institation for the year 1867. Washington 1868.

78) Land-and fresch water-shells of North-America, part I. pulmonata geophila by W. G. Binney and T. Bland. Washington 1869.

79) Zweiundzwanzigster Jahresbericht der Staats-Ackerbaubehörde von Ohio. Columbus (Ohio) 1868.

80) Transactions of the Wisconsin State agricultural society. Vol. VII. 1861—68. Madison, Wis. 1868.

81) Statistics, exhibiting the history, climate and productions of the state of Wisconsin. Madison, Wis. 1869.

82) Outline of an adress delivered before the Wisconsin state agricultural society in the assembly hall September 27. 1860 by David Boswell Reid. Madison, Wis. 1861.

83) Proceedings of the Carlifornia academy of sciences. Vol. IV. part I. 1868. San Francisco 1869.

84) Proceedings of the Essex institute. Vol. V. Juli—December 1867. Salem 1868.

85) XX., XXI. und XXII. annual report of the trustees and superintendent of the Indiana institute for the education of the blind. Indianopolis, 1866—69.

86) Proceedings of the Portland society of natural history, Vol. I. part II. Portland 1869.

87) Annual report of the trustees of the museum of comparative Zoology, at Harvard college in Cambridge. together with the report of the director, 1867 Schluss, 1868 pag. 1—46. Boston 1869.

88) Letter of the vice-president of the national academy of sciences, comunicating a report of the proceedings of the academy during the year 1866. Washington 1867.

89) Letter of the president of the national academy of sciences etc. for the past year. Washington 1868.

90) Proceedings of the Boston society of natural history. Mai 1868 — Jan. 1869.

91) Memoirs read before the Boston society of natural history; being a new series of the Boston journal of natural history. Vol. I. part IV. Boston 1869.

92) North-America, a working map for illustrating by coloration the geographical distribution of live. Prepared for the Boston society of natural history by W. C. Cleveland. 1868.

93) Occasionel papers of the Boston society of natural history, I. Boston 1869. — Entomological correspondence of Theod. William Harris, M. D. Editet by S. H. Scudder. Nro. 75—92 durch die Smithsonian institution in Washington.

94) Mémoires de la Société imperiale des sciences naturelle de Cherbourg. Tome XIV. Paris et Cherbourg 1869.

95) Annales de l'observatoire physique central de Russie publiées par H. Wild, membre de l'academie impériale de Russie et directeur de l'observatoire physique central, annee 1865. St. Petersbourg 1869.

96) VII. und VIII. Jahresbericht des naturhistorischen Vereins in Passau, über die Jahre 1865—68. Passau 1869.

97) Bericht der Senkenbergischen naturforschenden Gesellschaft in Frankfurt a M. von Juni 1868 bis Juni 1869.

98) Jahresbericht der Gesellschaft für nützliche Forschungen in Trier, von 1865—1868. Trier 1869.

99) Sechsundvierzigster Jahresbericht der Schlesischen Gesellschaft für vaterländische Cultur. Jahrg. 1868. Breslau 1869.

100) Abhandlungen der Schlesischen Gesellschaft für vaterländische Cultur.

a) Philosophisch-historische Abtheilung. 1868 Heft II.

b) Abtheilung für Naturwissenschaften und Medicin. 1868—69.

101) Bijdragen tot de Dierkunde utgegeven door het Genostschap „Natura artis magistra" te Amsterdam. Negende aflevering 1869.

102) Sitzungsbericht des Vereins der Aerzte in Steyermark. VI. Vereinsjahr. 1868—69 Gratz 1869.

103) Mittheilungen aus dem naturwissenschaftlichen Verein für Neu-Vorpommern und Rügen zu Greifswald. I. Jahrgang. Berlin 1869.

104) Nature, a weekly illustradet journal of sciences published by Macmillan and Co. London 1869.

Nr. 1—9. — Von der Verlagshandlung eingesandt.

105) Uebersicht der Flechten des Grossherzogthums Baden. Von Wilhelm Bausch. Karlsruhe 1869. Geschenk des Herrn Verfassers.

106) Die ausgestorbenen Säugethiere in Galizien, von Rudolf Temple. Pest 1869. Geschenk des Herrn Verfassers.

107) Separatabdruck aus der Deutschen Vierteljahresschrift für Zahnheilkunde, 4. Heft 1869. Inhalt: Nekrolog auf Hofzahnarzt Dr. Leopold in Stuttgart und Versuche mit Stickstoffoxydul-Gemischen zum Anästhesiren von C. Sauer, Zahnarzt in Berlin.

108) Sechs kleinere Abhandlungen von Dr. C. von Heyden.

109) Sechs kleinere Abhandlungen von L. von Heyden.

110) Nekrolog auf Herrn Senator Dr. phil. C. von Heyden zu Frankfurt a. M. von Dr. C. L. Kirschbaum. Nr. 108—110 Geschenke von Herrn Hauptmann L. von Heyden in Frankfurt a. M.

B. Aus Vereinsmitteln wurden angeschafft:

1. Von der zoologischen Section:

1) Brehm, Illustrirtes Thierleben, Heft 106—115 (Schluss des Werkes), Hildburghausen 1869.

2) Jan, Iconographie générale des ophidiens. Livr. XXVI—XXX. Paris 1868.

3) v. Praun, Abbildung und Beschreibung europäischer Schmetterlinge in systematischer Reihenfolge Heft 28—38. Nürnberg 1869.

4) Gemminger et B. de Harold, Catalogus coleopterorum hucusque descriptorum synonimicus et systematicus. Tom. II—V. Monachii 1869.

5) Ratzeburg, Die Waldverderber und ihre Feinde. 6. Aufl. Berlin 1869.

6) Meigen, systematische Beschreibung der bekannten europäischen zweiflügeligen Insecten. 8. Theil (2. Suppl.-Band), von Dr. H. Löw. Halle 1869.

7) Th. v. Heuglin, Ornithologie Ostafrika's. 1—6. Lief. Cassel 1869.

2. Von der botanischen Section:

1) W. Neubert, Deutsches Magazin für Garten- und Blumenkunde. Stuttgart 1869.
2) v. Pringsheim, Jahrbücher für wissenschaftliche Botanik. VII. 1—2. 1869.

3. Von der mineralogisch-physikalischen Section:

1) Comptes rendus des séances de l'academie des sciences. Paris 1869.
2) Poggendorf, Annalen der Physik und Chemie. Jahrg. 1869.

4. Von der medicinischen Section.

a. Zeitschriften.

1) Archiv der Heilkunde, von Wunderlich etc. Leipzig 1869.
2) Vierteljahresschrift für die prakt. Heilkunde. Prag 1869.
3) Journal für Kinderkrankheiten, von Behrend und Hildebrand. Erlangen 1869.
4) Archiv für pathol. Anatomie, Physiologie und klin. Medicin, von Virchow. Berlin 1869.
5) Deutsche Klinik, herausg. von Dr. A. Göschen. Berlin 1869.
6) Wiener medicinische Wochenschrift, redig. von Dr. Wittelshöfer, 1869.
7) Deutsches Archiv für klin. Medicin, redig. von H. Ziemssen und F. A. Zenker. Leipzig 1869.
8) Monatsschrift für Geburtskunde und Frauenkrankheiten, von Credé, Hecker, E. Martin und v. Rittgen. Berlin 1869.

9) Zeitschrift für Biologie, von L. Buhl etc. 1869.
10) Jahrbuch für Kinderheilkunde, 1869.
11) Jahresbericht über die Leistungen und Fortschritte in der gesammten Medicin, herausg. von R. Virchow und A. Hirsch. Berlin 1869.
12) Archiv für klin. Chirurgie, redig. von Billroth und Gurlt, herausgegeben von B. Langenbeck. 1869.
13) Gazette hebdomadaire. Paris 1869.

b. Monographien.

1) E. Hallier, Paratisologische Untersuchungen.
2) Liebermeister und E. Hagenbach Beobachtungen und Versuche über die Anwendung des kalten Wassers in fieberhaften Krankheiten. Leipzig 1868.
3) Guersant. Notizen über chirurg. Pädiatrik. Aus dem Französischen übertragen von H. Rehn. 4. Lieferg. Erlangen 1869.
4) Holst, Beiträge zur Gynäkologie und Geburtskunde.
5) Brehmer, die chron. Lungenschwindsucht und Tuberkulose der Lungen, ihre Ursachen und Heilung. 2. Aufl. Berlin 1869.
6) A. L. Richter, die Beihülfe der Völker zur Pflege der Verwundeten.
7) Tardieu, die Vergiftungen in gerichtsärztlicher und klin. Beziehung, übersetzt von Theile und Ludwig. Erlangen 1868.
8) F. Mosler, Erfahrungen über die Behandlung des Typhus exanthematicus.
9) Hennoch, Beiträge zur Kinderheilkunde.
10) Virchow, über die Canalisation von Berlin.
11) Fr. Falk, die Sanitätspolizeiliche Ueberwachung höherer und niederer Schulen.

12) Trousseau. Medic. Klinik des Hotel Dieu, übersetzt von Kullmann.
13) Amann, über den Einfluss der weibl. Geschlechtskrankheiten auf das Nervensystem. Erlangen 1868.
14) Kraft-Ebing, die transitorischen Störungen des Selbstbewusstseins.
15) H. Averbeck, die Addison'sche Krankheit. Erlangen 1869.
16) O. Liebreich, das Chloralhydrat.

5. Aus allgemeinen Vereinsmitteln.

1) Aus der Natur. Die neuesten Entdeckungen auf dem Gebiete der Naturwissenschaften. Leipzig 1869.
2) Der Natur. Beitrag zur Verbreitung naturwissenschaftlicher Kenntniss von Ule und C. Müller. Halle 1869.
3) Der Naturforscher. Wochenblatt zur Verbreitung der Fortschritte in den Naturwissenschaften. Von Dr. Wilhelm Sklareck. Berlin 1869.
4) Göppert. Ueber die Riesen des Pflanzenreiches. Berlin 1869.
5) Meibauer, die Sternwarte zu Greenwich. Berlin 1868
6) Virchow, über Nahrungs- und Genussmittel. Berlin 1868.
7) Häckel, über die Entstehung und den Stammbaum des Menschengeschlechts. Berlin 1868.
8) Hoppe-Seyler, über Spektralanalyse. Berlin 1868.
9) Virchow, über Hospitäler und Lazarethe. Berlin 1869.
10) Nagel, der Farbensinn. Berlin 1869.
11) Spörer, die Reise nach Indien zur Beobachtung der totalen Sonnenfinsterniss am 18. Aug. 1868. Leipzig 1869.

12) Reiss, die Sonne, zwei physikal. Vorträge. Leipzig 1869.

13) Huggins, Ergebnisse der Spektralanalyse in Anwendung auf die Himmelskörper. Deutsch mit Zusätzen von W. Klinkerfues. Leipzig 1869.

14) Thomassen, Enthüllungen aus der Urgeschichte. Neuwied und Leipzig 1869.

15) Die Naturkräfte. Eine wissenschaftl. Volksbibliothek, 1—6 Lieferung. München 1869.

16) Zaddach, die ältere Tertiärzeit. Berlin 1869.

17) Badische Gewerbezeitung für Haus und Familie. Carlsruhe 1869.

18) Ergänzungshefte zu „Die Natur“ 11. Heft. Halle 1869.

Verzeichniss

der

Akademien, Staatsstellen und wissenschaftlichen Vereine, mit welchen der Mannheimer Verein für Naturkunde in literarischem Tauschverkehr steht.

1) Altenburg, naturforschende Gesellschaft des Osterlandes.
2) — Der Gewerbverein.
3) — Der bienenwirthschaftliche Verein.
4) Amsterdam, Koninkl. Zoolog. Genootschap Natura artis magistra.
5) Annaberg (Sachsen), Annaberg-Buchholzischer Verein für Naturkunde.
6) Augsburg, naturhistorischer Verein.
7) Bamberg, naturhistorischer Verein.
8) Basel, naturforschende Gesellschaft.
9) Berlin, Verein zur Beförderung des Gartenbaues in den Königl. preussischen Staaten.
10) Bern, allgemeine schweizerische naturforschende Gesellschaft.
11) — naturforschende Gesellschaft.
12) Blankenburg, naturwissenschaftlicher Verein des Harzes.

13) Bonn, naturhistorischer Verein für die preussischen Rheinlande und Westphalen.
14) Boston, Society of natural history.
15) Boston and Cambridge (Massachusets), Academy of arts and sciences.
16) Bremen, naturwissenschaftlicher Verein.
17) Breslau, schlesische Gesellschaft für vaterländische Cultur.
18) Brünn, Naturforschender Verein.
19) — K. K. mährisch-schlesische Gesellschaft zur Beförderung des Ackerbaues, der Natur- u. Landeskunde.
20) Cambridge, the Harward college.
21) Carlsruhe, landwirthschaftliche Centralstelle für das Grossherzogthum Baden.
22) — Die Grossherzogliche meteorologische Centralstation.
23) — naturwissenschaftlicher Verein.
24) — Badischer Verein für Geflügelzucht.
25) — Der Gartenbauverein für das Grossherzogthum Baden.
26) Cassel, Verein für Naturkunde.
27) — Kurfürstl. hessischer Landwirthschafts-Verein.
28) Chemnitz, naturwissenschaftliche Gesellschaft.
29) Cherbourg, Société imperiale des sciences naturelles.
30) Chicago, Academy of sciences.
31) Christiania, Königlich norwegische Universität.
32) Chur, naturforschende Gesellschaft Graubündens.
33) Colmar, Société d'histoire naturelle.
34) Columbus, Staatsackerbaubehörde von Ohio.
35) Darmstadt, Grossherzogl. hessische Centralstelle für die Landesstatistik.
36) — Verein für Erdkunde und verwandte Wissenschaften.

37) — Mittelrheinischer geologischer Verein.
38) — Gartenbau-Verein.
39) Dresden, Gesellschaft Flora für Botanik und Gartenbau.
40) — Oeconomische Gesellsch. im Königreiche Sachsen.
41) Dublin, Natural history society.
42) Dürkheim a H., Pollichia, naturwissenschaftlicher Verein der Rheinpfalz.
43) Emden, naturforschende Gesellschaft.
44) Erfurt, Gartenbauverein.
45) Frankfurt a M., Senkenbergische naturforschende Gesellschaft.
46) — Physikalischer Verein.
47) — Zoologische Gesellschaft.
48) Freiburg i. Br., naturforschende Gesellschaft.
49) Fulda, Verein für Naturkunde.
50) Giessen, oberhessische Gesellschaft für Natur- und Heilkunde.
51) Görlitz, naturforschende Gesellschaft.
52) — Oberlausitzische Gesellschaft der Wissenschaften.
53) Gotha, Thüringer Gartenbau-Verein.
54) Gratz, Verein der Aerzte in Steyermark.
55) — Naturwissenschaftlicher Verein für Steyermark.
56) Greifswald, naturwissenschaftlicher Verein für Neu-Vorpommern und Rügen.
57) Halle, naturwissenschaftlicher Verein für Sachsen und Thüringen.
58) Hanau, wetterauische Gesellschaft für die gesammte Naturkunde.
59) Hannover, naturhistorische Gesellschaft.
60) Heidelberg, naturhistorisch-medicinischer Verein.
61) Kaiserslautern, pfälz. Gesellschaft für Pharmacie.
62) Klagenfurt, naturhistorisches Landesmuseum für Kärnthen.

63) Königsberg, Königl. physikalisch-ökonomische Gesellschaft.
64) Landshut, botanischer Verein.
65) Lausanne, Société vaudoise des sciences naturelles.
66) London, die Redaction der Zeitschrift „Nature, a weakly illustradet journal of science."
67) Lüneburg, naturwissenschaftlicher Verein.
68) Madison, the Wisconsin state agricultural society.
69) Marburg, Gesellschaft für Beförderung der gesammten Naturwissenschaften.
70) München, Königlich bayerische Akademie der Wissenschaften.
71) Mainz, rheinische naturforschende Gesellschaft.
72) — Gartenbauverein.
73) Modena, Società dei naturalisti.
74) Neubrandenburg, Verein der Freunde der Naturgeschichte in Mecklenburg.
75) Neutitschein, landwirthschaftlicher Verein.
76) Nossen, landwirthschaftlicher Verein im Königreiche Sachsen.
77) Nürnberg, naturhistorische Gesellschaft.
78) Offenbach, Verein für Naturkunde.
79) Palermo, Reale osservatorio.
80) Passau, naturhistorischer Verein.
81) Peterwardein, Wein- und Gartenbaugesellsch.
82) Philadelphia, Academy of natural sciences.
83) Portland, society of natural history.
84) Prag, naturhistorischer Verein Lotos.
85) Pressburg, Verein für Naturkunde.
86) Regensburg, Königlich bayerische botanische Gesellschaft.
87) — Zoologisch-mineralogischer Verein.
88) Reichenbach, der voigtländische Verein für allgemeine und specielle Naturkunde.

89) Riga, naturforschender Verein.
90) Salem, Massachusets, the Essex institute.
91) San Francisco, california academy of natural sciences.
92) St. Petersburg, Kaiserlich physikalisches Centralobservatorium.
93) Speyer, Allgemeiner deutscher Apotheker-Verein, Abtheilung Süddeutschland.
94) St. Gallen, naturwissenschaftliche Gesellschaft.
95) St. Louis, im Staate Missouri, Academy of sciences.
96) Stettin, entomologischer Verein.
97) Strassburg, Société des sciences naturelles.
98) Stuttgart, Verein für vaterländische Naturkunde.
99) Trier, Gesellschaft für nützliche Forschungen.
100) Washington, Shmithsonian institution.
101) — Surgeon generals office.
102) — The commissioner of patents of the united states of America.
103) — The united states naval observatory.
104) Wien, K. K. geologische Reichsanstalt.
105) — K. K. zoologisch-botanische Gesellschaft.
106) — K. K. Landwirthschafts-Gesellschaft.
107) — K. K. Gartenbau-Gesellschaft.
108) — Freunde der Naturwissenschaften.
109) Weimar, Grossherzogl. Sachsen-Weimar-Eisenachscher landwirthschaftlicher Verein.
110) Wiesbaden, Verein f. Naturk. i. Herzgth. Nassau.
111) Würzburg, polytechnischer Verein.
112) — Landwirthschaftlicher Verein für Unterfranken und Aschaffenburg.
113) Zürich, naturforschende Gesellschaft.
114) — die meteorologische Centralstelle der schweizerischen naturforschenden Gesellschaft.

Verzeichniss
der
ordentlichen Mitglieder.

Seine Königliche Hoheit der Grossherzog

Friedrich von Baden,

als gnädigster Protector des Vereins.

Seine Grossherzogliche Hoheit der Prinz und Markgraf Wilhelm von Baden.

Seine Grossherzogliche Hoheit der Prinz und Markgraf Carl von Baden.

Seine Grossherzogliche Hoheit der Markgraf Maximilian von Baden.

Herr Abenheim, Dr., praktischer Arzt.
„ Aberle, Handelsmann.
„ Achenbach, Oberbürgermeister.
„ Algardi, F., Kaufmann.
„ Alt, Dr., praktischer Arzt.
„ Alt, Dr., Bezirksarzt in Ladenburg.
„ Anselmino, Dr., praktischer Arzt.
„ Arnold, Dr., Professor.
„ Artaria, Ph., Kunsthändler.
„ Bassermann, Ludw. Alex., Kaufmann.
„ Bender, F., Buchhändler.
„ Bensheimer, J., Buchhändler.
„ Bensinger, Medicinalrath, Bezirksarzt und Medicinalreferent.
„ Bensinger, Jul., Kaufmann.
„ Bertheau, Dr., Stabsarzt.
„ Bissinger, L., Apotheker
„ Bleichroth, Altbürgermeister.
„ Böhm, Jos., Handelsmann.
„ Bracht, Ph., Rechtsanwalt.
„ Darmstädter, Jul., Handelsmann.
„ Darmstädter, Wilhelm, Handelsmann.
„ Devrient, Theod., Director der höheren Töchterschule.
„ Diffené, Alt-Oberbürgermeister.
„ Diffené, C., Dr.
„ Döpfner, Jul., Dr., praktischer Arzt.
„ Eglinger, J., Handelsmann.
„ Eller, E., Dr., Obergerichts-Advokat.

Herr Engelhardt, Herm., Tapeten-Fabrikant.
„ Erkenbrecht, Ed., praktischer Arzt in Hockenheim.
„ Esser, Obergerichts-Advokat.
„ Eyrich, L., Dr. philos.
„ Falke, Oskar, Fabrikdirektor.
„ Feldbausch, Dr., prakt. Arzt.
„ Frey, Dr., Medicinalrath.
„ Gelbert, Friedr., Chemiker.
„ Gentil, Dr., Obergerichts-Advokat.
„ Gerlach, Dr., prakt. Arzt.
„ Gernandt, Dr., prakt. Arzt.
„ Giulini, L., Dr. Fabrikant.
„ Giulini, P., Handelsmann und Fabrikrath.
„ Glöcklen, Otto Kaufmann.
„ Görig, Dr., prakt. Arzt in Schriesheim.
„ Grabert, Joh. Mich. Particulier.
„ Grohe, M., Dr., praktischer Arzt.
„ Gross, J., Handelsmann.
„ Gundelach, E., Fabrik-Direktor.
„ Hanewinkel, E. Kaufmann.
„ Hegemann, Ottmar, Fabrikant.
„ Henking, Rob., Hofapotheker.
„ Herrschel, August, Kaufmann.
„ Herth, Robert, Dr., Militär-Assistenzart.
„ Hirschbrunn, Dr., Apotheker.
„ Hoff, E., Gemeinderath.
„ Hohenemser, J., Banquier.
„ Hummel, Gustav, Kaufmann.
„ Jörger, Carl, Handelsmann.
„ Jost, C. F., Friseur.
„ Kahn, J., Dr., praktischer Arzt.
„ Kaufmann, J., Particulier.
„ Kiefer, Phil., Dr., praktischer Arzt in Neckarau.

Herr Klüber, Rob., Major.
„ Köster, C. H. M., Banquier.
Frau Küchler, Louise, Rentnerin.
Herr Ladenburg, Dr., Obergerichts-Advokat.
„ Ladenburg, S., Banquier.
„ v. Langsdorff, G., Dr., Zahnarzt.
„ Lauer, F., Handelsmann.
„ Lenel, Moritz, Handelsmann.
„ Lindmann, J., Dr., praktischer Arzt.
„ Löffler, Dr., Oberwund- und Hebarzt.
„ Löwenthal, Raph., Dr., Instituts-Vorsteher.
„ Lorent, A., Dr., philos.
„ Lugo, Const., Dr., Medicinalrath, Bezirksarzt in Schwetzingen.
„ Mackle, Ant., prakt. Arzt in Ladenburg.
„ Marschall, Freiherr v., Oberhofrichter, Excellenz.
„ Meermann, Dr., praktischer Arzt.
„ Minet, Dr., Stabsarzt.
„ Münch, Eduard, Dr., prakt. Arzt in Virnheim.
„ Nestler, Carl, Bürgermeister.
„ v. Oberndorff, Carl, Kgl. bayer. Kämmerer.
„ v. Oberndorff, Graf, K. K. österr. Rittmeister in der Armee.
„ Otterborg, Anton, Gutsbesitzer.
„ Reinbold, Otto, Dr., prakt. Arzt in Käferthal.
„ Reiss, G. J., Alt-Oberbürgermeister.
„ Röchling, C., Particulier.
„ Rosenthal, Heinr., Handelsmann.
„ Rothschild, Isaak, Dr., praktischer Arzt.
„ Rumpel, Heinr., Rentner.
„ Sauler, Gust., geistl. Verwalter.
„ Schenk, Carl, Maschinenfabrikant.
„ Schmidt, Th., Dr., Oberstabsarzt.
„ Schnuckert, C., Partikulier.

Herr Schneider, J., Buchdrucker.
„ Schönfeld, E., Dr., Professor, Hof-Astronom.
„ Schröder, H., Dr., Professor, Director des Realgymnasiums.
„ Schwaner, Bernh. Apotheker.
„ Scipio, A., Particulier
„ Stegmann, Dr., praktischer Arzt.
„ Stehberger, Dr., praktischer Arzt.
„ Stephani, Dr., Bezirks-Assistenzarzt.
„ Traub, Jos., Dr., praktischer Arzt.
„ Tritschler, Jos., Dr., Oberstabsarzt.
„ Tross, Dr. Apotheker.
„ Vogelgesang, Wolfg., Professor am Realgymnasium.
„ Wahle, Hof-Apotheker.
„ Walther, Joh. Phil., Buchdruckereibesitzer.
„ Weber, Aug., Buchhändler.
„ Weber, E., Dr., Oberstabsarzt im Armeekorps.
„ Weiler, Aug., Dr., Professor am Realgymnasium.
„ Winterweber, Dr., praktischer Arzt.
„ Wolf, H., Dr., praktischer Arzt.
„ Wunder, Friedrich, Uhrmacher.
„ Zeroni, Dr., Hofrath, praktischer Arzt.
„ Zeroni, Dr., jr., praktischer Arzt.

Zahl der ordentlichen Vereinsmitglieder 118.

Ehren-Mitglieder.

Herr Antoin, K. K. Hofgärtner in Wien.
„ Ascherson, P. Dr. in Berlin.
„ Bausch, W., Verwaltungsgerichtsrath a. D. in Karlsruhe.
„ de Beaumont, Elie, ständiger Secretär der Akademie der Wissenschaften in Paris.
„ Besnard, A., Phil. et Med. Dr., Königl. Bayer. Stabsarzt in München.
„ Blum, Dr, philos., Professor in Heidelberg.
„ Braun, Alexander, Dr., Professor in Berlin.
„ v. Broussel, Graf, Oberstkammerherr, Excellenz in Karlsruhe.
„ Celebor, Joh., Custos-Adjunkt am K. K. zoolog. Hofcabinete in Wien.
„ Cotta, Dr., in Tharand.
„ Crychthon, Geh. Rath in St. Petersburg.
„ Delffs, Dr., Professor in Heidelberg.
„ Dochnal, Fr. Joh., Gärtner in Neustadt a. d. H.
„ Döll, Dr., Geh. Hofrath und Oberhofbibliothekar in Karlsruhe.
„ Eisenlohr, Geh. Rath und Professor in Karlsruhe.

Herr Feist, Dr., Medicinalrath in Mainz.
„ Fischer, Dr, Professor in Freiburg.
„ Frauenfeld, Ritter von, Georg, in Wien.
„ Gerstner, Hofrath in Karlsruhe.
„ Greiss, C. B., Dr. Professor in Wiesbaden.
„ v. Haber, Bergmeister in Prag.
„ v. Haidinger, Wilhelm, K. K. Hofrath, Mitglied der K. K. Akademie der Wissenschaften in Wien.
„ v. Heyden, L., Hauptmann a. D. in Frankfurt a. M.
„ Hoffmann, C., Verlagsbuchhändler in Stuttgart.
„ v. Jenison, Graf, Königl. Bayerischer Gesandte, Excellenz in Wien.
„ Jolly, Dr., Professor in München.
„ Kapp, Dr., Hofrath und Professor in Heidelberg.
„ Kaup, Dr. philos. in Darmstadt.
„ v. Kettner, Freiherr, Excellenz, Oberstjägermeister in Karlsruhe.
„ Kessler, Friedr., in Frankfurt a. M.
„ v. Kobell, Dr., Professor in München.
„ Koch, G. Friedr., Dr., praktischer Arzt in Wald-Mohr.
„ Kubinyi, Franz v., Präses der geolog. Gesellschaft für Ungarn in Pest.
„ Lang, Chr., Universitäts-Gärtner in Heidelberg.
„ Lavizzari, Dr., Staatsrath in Lugano.
„ Leonhard, A., Dr., Professor in Heidelberg.
„ Lindmann, Dr., Oberst, Generalarzt in Java.
„ Maier, P. J., Major, Generalapotheker in Batavia.
„ Marquart, Dr, Vicepräsident des naturhistorischen Vereins der preussischen Rheinlande in Bonn.
„ Mayer, Dr., Generalstabsarzt in Karlsruhe.

Herr Merian, Peter, Rathsherr in Basel.
„ Möhl, H., Dr., Lehrer an der Realschule in Cassel.
„ v. Müller, J. W., in Brüssel.
„ Neydeck, K. J., Rath in Deidesheim.
„ Pagenstecher, Alex., Dr., Professor in Heidelberg.
„ Rapp, C., Professor, Kreisschulrath in Freiburg.
„ Reichenbach, Dr., Hofrath in Dresden.
„ Reinsch, Paul, Professor in Zweibrücken.
„ Rüppel, Dr., in Frankfurt a. M.
„ Sandberger, Fried., Dr., Professor in Würzburg.
„ Schlegel, H., Dr., Director des Königl. Niederländischen Reichsmuseums zu Leyden.
„ Schmitt, Stadtpfarrer und Superintendent in Mainz.
„ Schmitt, G. A., Dr., Professor in Hamburg.
„ Schramm, Carl Traugott, Cantor und Secretär der Gesellschaft Flora für Botanik und Gartenbau in Dresden.
„ Schultz, Friedrich Wilhelm, Dr., Naturforscher in Weissenburg.
„ v. Seldeneck, Wilhelm, Frhr., Oberstallmeister Excellenz, in Karlsruhe.
„ Seubert, Dr., Hofrath, Director des Grossherzogl. Naturalien-Cabinets in Karlsruhe.
„ Sinning, Garten-Inspector in Poppelsdorf.
„ Söchting, E., Dr., in Berlin.
„ Speyer, Oskar, Dr., Lehrer an der höheren Gewerbeschule in Kassel.
„ v. Stengel, Frhr., Forstmeister in Ettlingen.
„ v. Stengel, Frhr., Geh. Rath, Excellenz in Karlsruhe.
„ v. Stengel, Frhr., Königl. Bayer. Appellations-Gerichts-Präsident in Neuburg a. D.
„ Stöck, Apotheker in Bernkastel.

Herr v. Strauss-Dürkheim, Frhr., Zoolog und Anatom in Paris.
„ Struve, Gust. Adolph, Dr., Director der Gesellschaft Flora für Botanik und Gartenbau in Dresden.
„ Temple, R., Dr., in Pest.
„ Thelemann, Garten-Director in Bieberich.
„ Terscheck, C. A., senior, Hof- und botanischer Gärtner in Dresden.
„ Thomae, Dr. Professor, Director des landwirthschaftlichen Vereins in Wiesbaden.
„ v. Trevisan, Victor, Graf, in Padua.
„ Umlauf, Carl, K. K. Kreisgerichtsrath in Prostnitz in Mähren.
„ v. Vivenot, R., Dr., Professor an der Universität in Wien.
„ Vogelmann, Dr., Geh. Rath in Durlach.
„ Warnkönig, Bezirksförster in Baden.
„ Weikum, Apotheker in Galaz in der Moldau.
„ Wild, H., Dr., Director des Kaiserl. physikal. Centralobservatoriums in St. Petersburg.
„ van der Wyk, H. C., Frhr., Mitglied des niederländisch-indischen obersten Colonial-Rathes zu Batavia.
„ Wirtgen, Dr., Professor in Coblenz.
„ Wolf, R. A., Professor in Zürich.

Zahl der Ehrenmitglieder des Vereins: 80.

Beiträge zur Pflanzenkunde.

Vom

Geheimen Hofrath **Döll** in Carlsruhe.

Des Forschers Ziel ist Erweiterung der menschlichen Erkenntniss, und was ihm vor Allem Noth thut, ist Wahrhaftigkeit.

I. Zur Untersuchung der Wuchsverhältnisse des Grashalms.

Untersuchen wir die Stämme unserer bekannteren Holzpflanzen, so zeigt sich hinsichtlich des Verhaltens der Achsen eine bedeutende Verschiedenheit. Die einen haben nämlich Endknospen und verlängern sich mittelst der Entwickelung derselben, wie z. B. die Pappel, die Erle, die Birke, die Eiche, Buche, die essbare Kastanie (Castanea vulgaris Lamarck), ferner die Wallnuss, die Ross-Kastanie und der Ahorn. Wenn hier nicht das Alter oder, wie bei den letztgenannten drei Arten, die Ausbildung eines Blüthenstandes dem Längenwachsthum ein Ziel setzte, so wäre dasselbe völlig unbeschränkt. Bei den drei letztgenannten Gattungen entwickelt sich, wenn keine zufälligen Störungen stattfinden, die absolute Gipfel-Inflorescenz in dem Lebenslaufe des Baumes nur einmal an der dadurch sich abschliessenden ersten Achse der Pflanze, nachdem sich vorher schon, je nach der Eigenthümlichkeit der Art in grösserem oder geringerem Masse durch Erzeugung von Nebenachsen die Krone des Baumes ausgebildet hat.

Ganz anders ist das Wachsthum bei einer andern Gruppe von Holzgewächsen, welche keine Gipfelknospe haben, wie z. B. bei den Ulmen, beim Zürgelbaum (Celtis), bei der Hainbuche, der Hopfenbuche (Ostrya) der Haselnuss, der Linde und der Weide. Hier vertrocknet im Winter die Spitze des im vorangehenden Sommer entstandenen Triebes; aber aus der Achsel einer vorhergehenden, meistens der letzten Blattnarbe entwickelt sich im nächsten Frühjahr eine neue Achse, welche die verkümmerte alte Spitze mehr oder weniger auf die Seite schiebt und bei oberflächlicher Betrachtung den im vorangehenden Jahre gewachsenen Schoss fortzusetzen scheint. Da sich nun dieser Vorgang alljährlich wiederholt, so besteht ein im Verlauf von mehreren Jahren gewachsener Zweig aus eben so vielen Achsen verschiedener Ordnungen, als während seiner Bildung Jahre verflossen sind.

Man kann eine solche Aufeinanderfolge von aus einander hervorgehenden Achsen eine Achsenfolge oder einen Achsenverein, sympodium, nennen. Zwar ist diese Bezeichnung ursprünglich nur von Blüthenständen gebraucht worden, bei welchen, wie z. B. in dem Blüthenstand unseres Vergissmeinnichts (Myosotis) oder des Boretschs (Borago), die unterste Blüthe den morphologischen Gipfel der ganzen Inflorescenz bildet, und jede der abwechselnd zur Rechten und Linken folgenden weiteren Blüthen das Ende einer weiteren neuen Achse ist; der Begriff hat jedoch einen weiteren Umfang, und ich habe ihn desshalb bereits in meiner „Rheinischen Flora" auf den Wurzelstock, z. B. den von Pilularia, und in meiner „Flora des Grossherzogthums Baden", unter Andern bei der Characterisirung der Geraniaceen, auch auf den eigentlichen Stengel ausgedehnt.

Dass auch an den Halmen der Gramineen ein sympodisches Verhalten vorkommt, ist bis jetzt nicht bekannt gewesen: ich will desshalb den mir bekannt gewordenen Fall näher erörtern.

Paul Sagot hat im Jahr 1856 im französischen Guyana eine Art von Olyra gesammelt, welche im „Herbier Sagot" unter Nummer 925 als zu der von Nees von Esenbeck (Agrostologia brasiliensis pag. 298) ohne genügende Begründung mitgetheilten Schrader'schen Gattung Strephium gehörig veröffentlicht worden ist*). Dieselbe hat einen rasenförmigen Wuchs. Ihre aufsteigenden Halme sind fünf bis zehn Zoll lang. Manche derselben entwickeln nur Laubblätter, deren Spreiten eine Länge von einem bis zwei Zoll erreichen: andere bilden androgynische Blüthenstände aus und haben kleinere Laubspreiten. Die Blüthenstände befinden sich in der Regel an der oberen Hälfte des Halmes und sind bald ziemlich aufrecht, bald mehr oder weniger abstehend, oder selbst auffallend nach der Seite gedrängt.

Lässt man die Blattstellung unbeachtet, so meint man, die Blüthenstände seien seitlich, und der Halm habe, wenigstens für die dermalige Vegetationsperiode, eine unbeschlossene Laubspitze. Einem Beobachter der

*) Zu den wesentlichen Merkmalen von Strephium gehören nach Nees die nach dem Geschlechte getrennten männlichen und weiblichen Blüthenstände; die in Rede stehende Pflanze hat aber androgynische Rispchen, und es darf daher selbst derjenige, welcher die Nees'sche Gattung, gegen meine Ansicht, annimmt, gleichwohl diese Art nicht zu jener Gattung ziehen. Sie gehört zu Olyra, und ich nenne sie aus den oben noch anzuführenden Gründen Olyra sympodica.

Entwickelungsgesetze muss ein solches Verhalten auffallen; denn es ist bis jetzt noch bei keinem stauden- oder halbstrauchartigen Grase beobachtet und selbt bei den strauch- oder baumartigen Bambuseen meines Wissens noch nicht verzeichnet worden.

Ein wichtiges Moment gegen die Annahme seitlicher Blüthenstände und einer unbeschlossenen Laubspitze bildet die Stellung der Blüthenstände, indem dieselben nicht, wie seitliche Achsen, aus der Achsel eines Blattes oder seiner Scheide hervortreten, sondern derselben gegenüber stehen, mithin paniculae oppositifoliae sind und dadurch relative Gipfelinflorescenzen anzeigen.

Hierzu gesellt sich noch ein weiterer Umstand, welcher unter Voraussetzung einer einzigen Achse des Halmes unerklärt bliebe, aber sofort verständlich ist, wenn man diese Annahme aufgibt. Das Laubblatt am Grunde der Blüthenstände alternirt nämlich nicht mit demjenigen, welches unmittelbar darauf zu folgen scheint, sondern steht über demselben; untersucht man aber die Sache genau, so zeigt sich zwischen den beiden genannten Blättern und mit beiden alternirend, über der Ursprungsstelle der Blüthenstände, ein ganz kurzes Internodium und über dem Ende desselben, ebenfalls von der Scheide des untern Laubblattes bedeckt, ein schuppenförmiges Niederblatt, welches seinen Rücken der Rispe zuwendet und mit seiner Bauchseite die Basis der scheinbaren Fortsetzung des Laubtriebes umfasst. Dies lässt sich in keiner Weise erklären, wenn man die Blüthenstände als seitlich betrachtet, ist aber völlig verständlich, wenn man der Ansicht Raum gibt, dass die in der Regel von der Fortsetzung des Halmes überragten Blüthenstände nicht seitlich, sondern endständig sind, und der die Rispe überragende Halmtheil ein Ast ist, dass mithin der ganze, scheinbar eine einzige, ununterbrochen fortlaufende Achse bildende Halm aus Achsen verschiedener Ordnung besteht und somit einen Achsenverein, ein sympodium, darstellt.

Uebereinstimmend mit diesem Wachsthumsverhältniss ist endlich noch der Umstand, dass die Ausbildung der Spreiten der Laubblätter unmittelbar oberhalb jenes schuppenförmigen Niederblattes etwas geringer ist als an dem unmittelbar unterhalb desselben befindlichen Laubblatte, und dass die Laubspreiten erst an den weiter oben sich entwickelnden Blättern wieder die nämliche oder eine bedeutendere Grösse erlangen als an den unmittelbar über jenem Niederblatte befindlichen. An einem Halme, der nur aus e i n e r Achse bestände, wäre dies mindestens in hohem Grad auffallend, während Alles ganz normal erscheint, wenn man annimmt, dass am Grunde des Blüthenstandes ein Ast entspringt, welcher bei oberflächlicher Betrachtung den Halm fortzusetzen scheint; indem bekanntlich neue Achsen ganz regelmässig mit minder entwickelten Blattbildungen zu beginnen pflegen.

Ein auf genauer Untersuchung der Blattstellung beruhender schematischer Grundriss, in welchem die betreffenden Theile der zwei untersten Vegetationsachsen in e i n e Ebene verlegt sind, mag unsere Ansicht veranschaulichen:

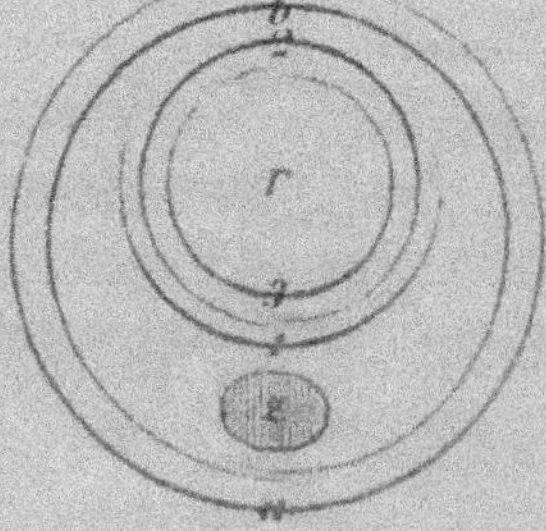

Die Blattscheide a, die fünfte des Halmes, ist nach der Linken eingerollt und setzt in normaler Weise die Abwechslung in der Rollung der Scheiden fort. Die sechste Blattscheide (b) ist ganz regelrecht nach der entgegengesetzten Richtung, mithin rechtshin eingerollt, und auf dieselbe folgt die nur durch ihren Durchschnitt angedeutete kleine Rispe z, welche die erste Achse des Halmes abschliesst.

Aus der Achse ihres letzten Laubblattes b entspringt der Ast r, welcher mit dem in der Scheide von b verborgenen kurzen Internodium und dessen ebenfalls von dieser Scheide bedeckten schuppenförmigen Niederblatt 1, beginnt. Dasselbe wendet den Rücken der Inflorescenz z, die innere Seite dagegen dem Aste r zu, welcher die erste Achse des Halmes fortzusetzen scheint. Dieses schuppenförmige Niederblatt kann auf keinen Fall der Achse z angehören, welcher es den Rücken zukehrt, und welcher durch die Inflorescenz beschlossen ist. Betrachtet man dagegen b als Tragblatt des Astes r, so ist damit nicht allein das erste Blatt desselben als Niederblatt hinsichtlich seiner niederen Bildungsstufe gerechtfertigt, sondern auch die Stellung desselben erweist sich damit als völlig correct. Es steht, wie es bei den Monokotylodonen, zumal in der Laubregion gewöhnlich ist, seinem Tragblatt b gegenüber und wendet seiner Achse, dem mit ihm beginnenden Aste, seine innere Seite (die Bauchseite) zu.

Die Ränder dieses Niederblattes übergreifen sich in der Regel nicht; wir lassen dieselben desshalb unbeachtet.

So häufig bei den Gräsern Blättertriebe vorkommen, welche sich erst in einer späteren Vegetationsperiode zu Halmen verlängern und mit einer Inflorescenz ihr Wachsthum beschliessen, so selten sind entwickelte

Halme, welche nicht durch einen Blüthenstand beschlossen werden. Minder selten finden sie sich bei den strauchartigen Bambuseen: aber selbst hier haben diese ausdauernden Halme in den meisten Fällen nur eine unbeschlossene Laubspitze und ausschliesslich seitliche Blüthenstände: sie sind jedoch keine Sympodien.

An dem Wurzelstocke kommt die sympodische Entwickelung bei den Gramineen häufiger vor. Ich habe sie z. B. vor kurzem bei einer Art von Pariana beobachtet, welche Robert Spruce im Jahr 1850 bei Santarem am Amozonenstrome gesammelt und mit der Nummer 876 bezeichnet hat *). Die Halme sind bei derselben, wie in den meisten derartigen Fällen, relativ endständig, aber der scheinbar ununterbrochen fortlaufende Wurzelstock besteht aus mehreren successiven Achsen verschiedener Ordnungen. Eine Menge interessanter morphologischen Thatsachen ist in dieser Hinsicht noch zu beobachten und wissenschaftlich zu verwerthen.

Die Blüthenstände von Olyra sympodica sind androgynisch. In der obigen Figur habe ich den untersten derselben durch z bezeichnet. Es folgt demselben an dem ersten Aste (r) sehr häufig noch ein zweiter Blüthenstand, der das zweite Glied des Sympodiums, den ersten Ast, abschliesst, und in ähnlicher Weise oft am Ende des zweiten Astes noch ein dritter Blüthenstand, an dessen Basis die vierte Achse des Halmes,

*) Der berühmte Reisende vermuthet, dass die von ihm gesammelte Pflanze die Trinius'sche Pariana lanceolata sei: da aber sowohl die Trinius'sche Beschreibung (Mémoires de St. Pétersbourg 1835, p. 107), als die Original-Exemplare der Petersburger Akademie damit in Widerspruch stehen, so habe ich ihr mit Bezug auf ihre Stellung zu zwei Gruppen ihrer Gattung den Namen Pariana intermedia gegeben.

der dritte Ast. entspringt. Selbst damit sind in selteneren Fällen die sympodischen Bildungen noch nicht beschlossen. Die letzten Blätter sind in solchen Fällen meist mehr oder minder verkümmert und die successiven Aeste verkürzt, wodurch die Blüthenstände in ihrer Gesammtheit zuweilen nahezu das Aussehen einer zusammengesetzten centrifugalen Inflorescenz erhalten.

Ein jeder der einzelnen Blüthenstände endigt mit einem weiblichen Aehrchen, unterhalb dessen sich einige kurz gestielte männliche Aehrchen befinden. Unterhalb dieser ist in der Regel noch ein oder der andere ganz kurz gestielte Inflorescenzast, der dann ein der Hauptachse der Inflorescenz analoges Verhalten zeigt; er beginnt meist mit einem oder einigen männlichen Aehrchen und ist durch ein weibliches Aehrchen beschlossen. — S t e u d e l hat seine Olyra guineensis wegen des gleichen Verhaltens, gewiss mit Unrecht und mit Verkennung einer Haupteigenthümlichkeit vieler Inflorescenzäste in eine eigene Abtheilung verwiesen, deren männliche und weibliche Aehrchen unter einander vermengt sein sollen („spicis femineis interjectis masculis"), sich jedoch in allem Wesentlichen ganz so verhalten, wie unsere Olyra sympodica. Ich glaube jene Abtheilung als der Natur widersprechend nicht annehmen und die dorthin verwiesene Art nebst Olyra sympodica nicht von meinen akrandrogynischen Arten trennen zu dürfen, deren Blüthenstände am Grunde männliche und oberwärts weibliche Aehrchen haben.

II. Zur Erklärung der männlichen Aehrchen der Gattung Olyra.

In den tropischen Gegenden kommt eine Grasgattung vor, deren in der Regel monöcisch-diklinische, in seltenen Ausnahmsfällen auch diöcisch-diklinische Aehrchen das Eigenthümliche haben, dass die weiblichen unter denselben mit vier Spelzen, zwei Hüllspelzen, einer Deckspelze und einer Vorspelze, die männlichen dagegen nur mit zwei Spelzen versehen sind. Wir meinen die Gattung Olyra.

Dass bei den beiderlei Aehrchen derselben Pflanze hinsichtlich der Spelzen eine solche Verschiedenheit selbst in der Anlage der Organe vorkommen sollte, war mir sehr unwahrscheinlich, und ich vermuthete desshalb, dass sich hier bei den männlichen Aehrchen ähnliche Ausnahmen nachweisen lassen, wie ich sie bereits vor mehr als dreissig Jahren in meiner „Rheinischen Flora" (Seite 129) bei den reisartigen Gräsern *) und später in meiner „Flora des Grossherzogthums Baden" (Seite 132) selbst bei den Nardengräsern angegeben oder beschrieben habe.

*) In recht auffallender Weise hat sich diese mittlerweile auch zur Anerkennung gekommene Ansicht durch eine von Luschnath im Broco-Thale Brasiliens aufgefundene neue Varietät des Reises bestätigt, welche ich Oryza sativa γ grandiglumis genannt, aber noch nicht veröffentlicht habe. Bei derselben ist das untere Paar der Hüllspelzen zwar noch schwielenartig; aber die Spelzen des oberen Paares sind kahnförmig und erreichen ungefähr die Länge der Deck- und Vorspelze. In gleicher Weise könnte eine Spielart auch noch eine Verlängerung der zwei untersten Hüllspelzen nachweisen; an einzelnen Aehrchen sind sie bereits aufgefunden und von A. Braun abgebildet worden.

Die Exemplare von Oryza sativa γ. grandiglumis befinden sich in dem Herbar der kaiserlichen Akademie von St. Petersburg.

Ich untersuchte desshalb zunächst die Basis der männlichen Aehrchen und fand hier selbst in den ganz gewöhnlichen Fällen Anhaltspunkte für meine Vermuthung. Unterhalb der Ansatzstelle der untersten vorhandenen Spelze befindet sich nämlich ein dickes, kurz walzenförmiges Stielchen, welches sich mit dem Aehrchen abgliedert. An demselben bemerkt man zuweilen auf der einen Seite ein nicht selten mit kurzen Härchen besetztes Knötchen, und auf der andern Seite, etwas weiter unten, unterhalb der unteren vorhandenen Spelze, einen freilich nur sehr schwach hervortretenden schwielenartigen Halbring.

Machte schon diese Thatsache es wahrscheinlich, dass hier zwei Hüllspelzen nicht zur Entwickelung kommen, und die beiden vorhandenen eine Deckspelze und eine Vorspelze sind, so wurde diese Wahrscheinlichkeit durch die Beschaffenheit der vorhandenen Spelzen fast zur Gewissheit. Während nämlich die untere der ausgebildeten Spelzen dreirippig ist, hat die obere nur z w e i Rippen, ein Vorkommen, welches bei Hüllspelzen nirgends nachgewiesen, bei der Vorspelze jedoch ganz gewöhnlich ist.

Ueberdies war ein gänzliches Fehlen oder Fehlschlagen der Deckspelze und Vorspelze der männlichen Blüthe mir auch noch desshalb unwahrscheinlich, weil sich bei den verwandten Gruppen der Familie der Gramineen nirgends Analogien dafür finden, und alle morphologischen Verhältnisse dagegen sprechen. Man müsste nämlich bei dieser Voraussetzung annehmen, dass nicht allein die Deckspelze, das Tragblatt des durch die männliche Blüthe beschlossenen Zweigleins, sondern auch das erste Blatt dieses Zweigleins, das Vorblatt der Blüthe, unentwickelt bliebe, während sich doch die vorangehenden und die nachfolgenden

Organe zu der normalen Vollständigkeit und Grösse entwickeln. Die Annahme einer so plötzlich eintretenden, durch keine Analogien unterstützten Hemmung in der Darbildung der Organe, verbunden mit einem eben so plötzlichen Aufhören dieser Hemmung hat ihre grossen Bedenken, besonders wenn eine andere Erklärung so nahe liegt wie hier, wo ein Fehlschlagen der Hüllspelzen so vielfach angedeutet ist.

Freilich sprach für die andere Ansicht die Autorität bedeutender Schriftsteller. Nees von Esenbeck hat in seiner Agrostologia brasiliensis (pag. 303) jene beiden Spelzen für Hüllspelzen erklärt; ebenso Trinius in den Memoiren der Petersburger Akademie (1835, pag. 110)*, Kunth in seiner Enumeratio graminearum (I. Seite 68) und Steudel in seiner Synopsis plantarum graminearum (Seite 35). Gegen so viele Autoritäten musste die Natur selbst mir hülfreich zur Seite stehen, wenn ich nicht unterliegen sollte; der bei ihr gesuchte Beistand ist nicht ausgeblieben.

Ich hatte nämlich längst die Erfahrung gemacht, dass die Gipfelährchen vieler Gräser häufig in ihrem Bau Eigenthümlichkeiten und selbst Abnormitäten zeigen, welche zwar zum Theil in der in verschiedenen Abstufungen stattfindenden Abnahme und in dem Abschlusse des Wachsthumes oder Bildungstriebes begründet sein mögen, aber gleichwohl auch für die Erklärung der seitlichen Blüthen bedeutsame Winke an die Hand geben. Ich untersuchte desshalb die Enden jener Infloreszenzäste, welche nicht mit einem weiblichen, sondern mit einem männlichen Aehrchen abschlossen, und war so glücklich, bei Olyra ciliatifolia zwei männliche Aehrchen zu finden, welche vier Spelzen je zwei Hüllspelzen, eine Deckspelze und eine Vorspelze hatten.

Die Abgliederungsstelle derselben befindet sich unmittelbar unterhalb der unteren Hüllspelze. Das dicke, kurz walzenförmige Stielchen fehlt; es ist eben mit den Hüllspelzen besetzt und gehört zu der eigentlichen Spindel der Aehrchen.

Die Aehrchen haben die Länge von etwa vier Linien; sie sind ein wenig grösser als die gewöhnlichen männlichen, aber noch immer bedeutend kleiner als die weiblichen Aehrchen. Die Hüllspelzen des einen derselben sind einrippig und etwas kürzer als die Deckspelze, welche etwas länger und breiter ist als gewöhnlich; sie haben die Länge der von der Deckspelze etwas überragten Vorspelze. Die Hüllspelzen des andern Aehrchens sind dreirippig und etwas länger als die Deck- und Vorspelze. Die Deckspelze ist pfriemlich-lanzettlich und unbegrannt. Sie hat oberwärts mehr Flächeninhalt als die kurz begrannte untere Spelze der gewöhnlichen männlichen Aehrchen und ist ungeachtet der fehlenden Granne so lang als jene mit Einschluss der Granne derselben.

Durch den Nachweis dieser Thatsachen ist der Beweis geliefert, dass die zwei gewöhnlich vorhandenen Spelzen der männlichen Aehrchen von Olyra die Deckspelze und die Vorspelze sind, und dass es die Hüllspelzen sind, welche in der Regel fehlen. Da nun zugleich bei den so nahe stehenden Oryzeen, insbesondere bei Oryza, Caryochloa, Zizania und Luziola, ebenfalls die Hüllspelzen fehlen oder nur in verkümmertem Zustande vorhanden sind, so findet auch in dieser Analogie meine Ansicht noch eine weitere Unterstützung.

Noch schlagender würden meine Gründe sein, wenn ich das thatsächliche Vorkommen von Hüllspelzen nicht blos für gipfelständige, sondern auch für seitliche Aehrchen nachweisen könnte. Diess ist mir bis jetzt noch nicht gelungen; da jedoch ausser dem erwähnten Vorkommen von vier Spelzen an Gipfelährchen noch die Thatsachen des normalen Baues, insbesondere die Beschaffenheit des Stielchens der normalen seitlichen Aehrchen, sowie die Analogien der nächstverwandten Gattungen, für meine Ansicht sprechen, so können wir dieselbe immerhin als erwiesen betrachten und ein etwaiges ausnahmsweises Vorkommen von Hüllspelzen an seitlichen Aehrchen als eine weitere Bestätigung unserer Ansicht noch von der Zukunft erwarten.

III. Ueber einige seltene Formen der Grasfrucht.

Zur Feier des hundertjährigen Bestehens des botanischen Gartens zu Greifswald hat Dr. J. Münter eine eben so interessante als gelehrte Abhandlung über den sogenannten Tuscarora-Reis oder Wasserhafer (Hydropyrum palustre Link) *) geschrieben, worin er nicht allein über seinen gelungenen Culturversuch dieser Brodfrucht der nordamerikanischen Indianerstämme Bericht erstattet und zu weiteren Versuchen aufmuntert, sondern auch über die darauf bezügliche Literatur sehr interessante Mittheilungen macht und eine specielle Beschreibung derselben gibt.

Bei der Vergleichung derselben mit den nächstverwandten Gräsern theilt er schliesslich (Seite 32) die Thatsache mit, dass bei den reifen Früchten von Zizania miliacea Michaux das Pericarpium nicht mit der Samenhaut verwachsen ist, sondern zwischen beiden Hüllen ein leicht erkennbarer Zwischenraum sich befindet. Er spricht bei dieser Gelegenheit die Ansicht aus, dass es nöthig werden dürfte, den Charakter der Familie der

---

*) Zur Feier des hundertjährigen Bestehens des botanischen Gartens. Greifswald 1863.

Gramineen dahin zu modificiren, dass, mit Ausnahme von Zizania miliacea, der eine ächte Achäne zukomme, alle übrigen Gräser Caryopsen besitzen, bei denen das Fruchtblatt dem Samen angewachsen sei.

Die Beobachtung bei Zizania miliacea ist ganz richtig; aber dieser Ausnahmsfall steht nicht so vereinzelt da, wie der Verfasser glaubt, und zeigt verschiedene Formen und Abstufungen, wovon die von Dr. Münter beobachtete nur einen besonderen Fall darstellt. Wir wollen die Sache im Zusammenhange betrachten.

An den meisten Grasfrüchten lassen sich ohne alle Zerlegung zwei Theile unterscheiden, welche zwar nicht offen zu Tage liegen, aber doch in der Regel durch das dünnhäutige, dem Samen angewachsene Pericarpium deutlich durchscheinen; ich meine den Keimling oder das sogenannte Schildchen (scutellum) und den Nabel (hilum). Beide sind bei der Bearbeitung der Gräser noch nicht genügend beachtet worden. Das Schildchen des Samens befindet sich auf der Seite der Deckspelze und nimmt gewöhnlich nur den unteren Theil des Samens ein, zieht sich aber doch auch nicht selten bis gegen den Scheitel des Samens hinauf. Letzteres ist z. B. der Fall bei unserem Welschkorn (Zea), wo es die bekannte längliche Vertiefung bildet, ferner bei Crypsis aculeata, wo es sich in lineal-lanzettlicher Form bis gegen die abgerundete Spitze der länglichen Frucht hinaufzieht, und bei dem Tuscarora-Reis (Zizania clavulosa Michaux, Hydropyrum esculentum, später Hydropyrum palustre Link), an dessen lang-walzenförmiger Frucht es eine linienförmige, schwach vertiefte, bis zur Spitze reichende Rinne bildet. — Der Nabel des Samens befindet sich auf der Seite der Vorspelze. Zuweilen ist er sehr kurz und befindet sich von der Deckspelze aus betrachtet, ganz am Grunde dicht hinter der Anhaftungsstelle des Samens, wie z. B. bei Alopecurus, Crypsis und einigen andern Agrostideen. Grösser und breiter ist er bei dem Mais (Zea) und bei sehr vielen Paniceen, wo er aus mehreren neben einander befindlichen, dunkleren, im frischen Zustande oft grünen oder grünlichen Zellreihen besteht. In andern Fällen ist er linienförmig und besteht dann in der Regel nur aus zwei neben einander herlaufenden Reihen von Zellen. In diesem letzten Falle zeigt er zuweilen nur eine mässige Verlängerung, wie z. B. bei Gynerium argenteum, wo er nur bis zur Mitte des Samens reicht; in andern Fällen erstreckt er sich aber weit über die Mitte und selbst bis zu der Spitze des Samens, wie z. B. bei unseren Weizenarten, beim Roggen, Hafer, bei der Gerste, bei den Oryzeen, bei Stypa, Melica, bei Anomochloa und bei manchen Paniceen, namentlich jenen, welche die Abtheilung Harpostachys bilden und sich durch diese Beschaffenheit des Nabels, sowie durch ihren Habitus aufs bestimmteste abscheiden. Am auffallendsten erscheint diese Verlängerung bei dem oben bereits erwähnten Tuscarora-Reis dessen walzenförmige Caryopse oft fast einen Zoll lang wird und an ihrer hinteren, der Vorspelze zugewandten Seite der ganzen Länge nach mit dem fadenförmigen dunkleren Nabel bezeichnet ist.

Ist nun die Fruchthaut (das Pericarpium) dünn, durchscheinend und der Samendecke angewachsen, so kann man, ohne alle Anatomie, sowohl das Schildchen als den Nabel der Grasfrucht von aussen unterscheiden. Diess ist der bei weitem häufigere Fall. Eine solche Kornfrucht nennt man Caryopse.

Es gibt aber auch andere Fälle, und zwar von zweierlei Art.

Die Ausnahmsfälle der ersten Art umfassen mehrere Gattungen von reisartigen Pflanzen, deren Fruchtblätter nicht allein hart, krustenartig und meist undurchsichtig werden, sondern auch nicht mit der Samendecke verwachsen. Dahin gehört die Gattung Zizaniopsis von Döll und Ascherson (Zizania Link, Trinius, nicht Linné). Caryochloa von Trinius und Luziola von Jussieu. Bei Luziola liegt die Samendecke der Fruchtschale ziemlich dicht an; aber bei Caryochloa und Zizaniopsis befindet sich zwischen beiden Decken ein leicht erkennbarer Zwischenraum, was bei der bekannten Art von Zizaniopsis, nämlich bei Zizaniopsis miliacea (Döll und Ascherson), wie oben erwähnt wurde, bereits von Münter beobachtet worden ist. Bei sämmtlichen Arten der genannten Gattungen ist weder das Schildchen, noch der Nabel vor der Entfernung der Fruchtschale wahrzunehmen.

Die Ausnahmsfälle der zweiten Art bestehen darin dass die Fruchthaut zwar hinreichend durchscheinend ist, um das Schildchen und den Nabel des Samens mehr oder minder deutlich erkennen zu lassen, jedoch nicht allein den Samen nur locker umgibt, sondern auch an dem Scheitel der Frucht, zuweilen überdiess auch noch an der Seite sich zuletzt öffnet. Innerhalb der Fruchthaut entwickelt sich gegen die Zeit der Fruchtreife eine Gallerte, welche bei eintretender feuchter Witterung stark aufquillt und den innen befindlichen Samen durch die geöffnete Spitze emporgleiten lässt, welcher dann zuletzt, in dem offenen Ende des Fruchtschlauches anklebend, mit seinem freien Theil aus der Vorspelze herausschaut und gleichsam das Aehrchen krönt. Dieses Verhalten habe ich bei sehr vielen Arten der Gattung Vilfa und bei mehreren Arten der Gattung Crypsis beobachtet. Bei der letztgenannten Gattung ist es auch bereits von Duval beobachtet und in dem 13. Bande des Bulletin de la société botanique de France in einer sehr reichhaltigen und interessanten Abhandlung (Seite 317 bis 326) besprochen worden.

Von Duval wird eine derartige Frucht Achäne genannt, was bekanntlich so viel sagt, als fructus non hians. Dies steht mit dem Oeffnen der Fruchthaut im Widerspruch; ich möchte aber auch in dem ersten Ausnahmsfalle, wo die Grasfrucht sich nicht öffnet, diese Bezeichnung nicht gebrauchen, wie dies von Münter geschehen ist; denn achaenium hat bis jetzt eine nicht aufspringende Frucht bezeichnet, welche von dem Kelch überzogen ist, wie z. B. die der Compositen und der Valerianeen. Da nun aber die Grasfrüchte nicht vom Kelch überzogen sind, so nenne ich solche Früchte Scheincaryopsen oder falsche Caryopsen (caryopses spuriae) und umgehe dabei zugleich die Unbequemlichkeit, für die sich öffnenden Grasfrüchte noch einen andern Namen aufstellen zu müssen, als für diejenigen, bei denen zwar das Pericarpium nicht mit der Samendecke verwächst, aber, wie bei den gewöhnlichen Grasfrüchten, geschlossen bleibt.

IV. Zur Erklärung der Grasblüthe.

In dem vier und dreissigsten Jahresberichte habe ich die Vermuthung ausgesprochen, dass die Aehrchen von Hierochloa mit einer Gipfelblüthe abschliessen. Ich habe seither die einschläglichen Untersuchungen fortgesetzt, habe meine Vermuthung dabei nicht bestätigt gefunden und halte mich desshalb für verpflichtet, die weiter beobachteten Thatsachen zunächst hier mitzutheilen und zu prüfen, welche Folgerungen sich daraus ableiten lassen.

Aus dem Berliner botanischen Garten habe ich zahlreiche frische Blüthen von Hierochloa australis erhalten und habe bei genauer Untersuchung derselben zwei Aehrchen gefunden, die eine Abnormität zeigen, welche eine sichere Erklärung der Frage ermöglicht, ob die Zwitterblüthe derselben seitlich oder endständig sei. Um leichter verstanden zu werden, theile ich hier zunächst einen taktischen Grundriss eines Aehrchens von Hierochloa mit:

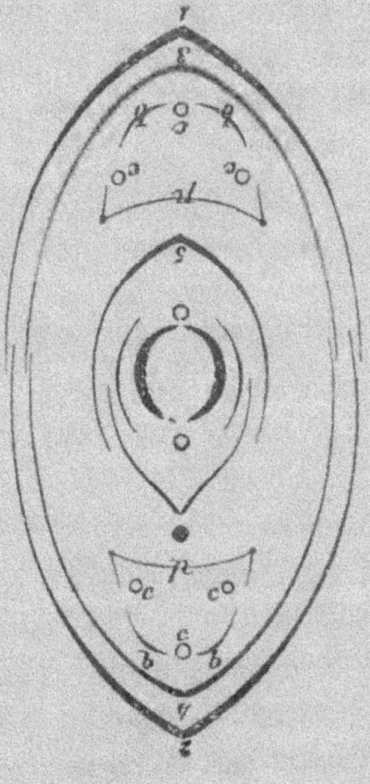

Die Spelzen 1 und 2 sind Hüllspelzen [(glumae). Auf diese folgen, die zweizeilige Alternation fortsetzend, die Deckspelzen 3 und 4, aus deren Achsel je ein Seitenzweiglein entspringt, welches ein der Deckspelze gegenüberstehendes Vorblatt p (palea superior) hat und mit einer männlichen Blüthe abschliesst, deren Bau wir jetzt nicht weiter zu untersuchen brauchen.

Verfolgen wir die weitere Alternation an der Hauptspindel des Aehrchens, so kommen wir auf die mit der Zahl 5 bezeichnete Spelze. Die morphologische Bedeutung derselben bot früher mehrfache Schwierigkeiten; an einem der beiden erwähnten Aehrchen habe ich jedoch an der Basis des Rückens der ihr gegenüberstehenden, nicht numerirten Spelze ein deutliches, in der Mediane befindliches, in unserer Figur durch einen schwarzen Punkt bezeichnetes Knötchen beobachtet, welches ohne allen Zweifel das Ende der Hauptspindel des Aehrchens ist. An dieser Hauptspindel befinden sich nun die beiden Hüllspelzen (1 und 2) und die drei Deckspelzen (3, 4 und 5) als die peripherischen Organe, aus deren Achsel je eine Blüthe entspringt. Aus der Deckspelze 5 entspringt die zweizählige Zwitterblüthe, welcher das mit seinem Rücken dem Achsenende des Aehrchens (dem schwarzen Punkt unserer Figur) anliegende Vorblatt vorangeht. Ich habe dasselbe, sowie auch die Theile der Zwitterblüthe, in unserer Zeichnung nicht mehr mit Zahlen oder Buchstaben bezeichnet. Es hat zwei einander genäherte Rippen und beurkundet sich schon dadurch als ein Vorblatt.

Dass die hier gegebene Erklärung, insbesondere die Deutung jenes Knötchens an dem Grunde des Rückens der letzten, in der Figur nicht numerirten, Spelze die richtige ist, ist durch ein zweites Aehrchen derselben Art bestätigt worden, bei welchem das Knötchen sich zu einem kurzen Stielchen ausgebildet hat, das in eine unregelmässige Spelze übergeht. Wäre die Entwickelung des Aehrchens noch weiter fortgeschritten, so wäre diese letztere ohne Zweifel das Tragblatt einer vierten Blüthe geworden.

Von einer Gipfelblüthe der Achrchen von Hierochloa kann also nach dem Obigen nicht mehr die Rede sein. Damit jedoch hierdurch nicht etwa auch die Gipfelblüthe der früher ebenfalls besprochenen Streptochaeta spicata in Zweifel gestellt werde, will ich diesen ganz verschiedenen Fall noch einmal kurz berühren und an dem nachstehenden taktischen Grundriss erläutern:

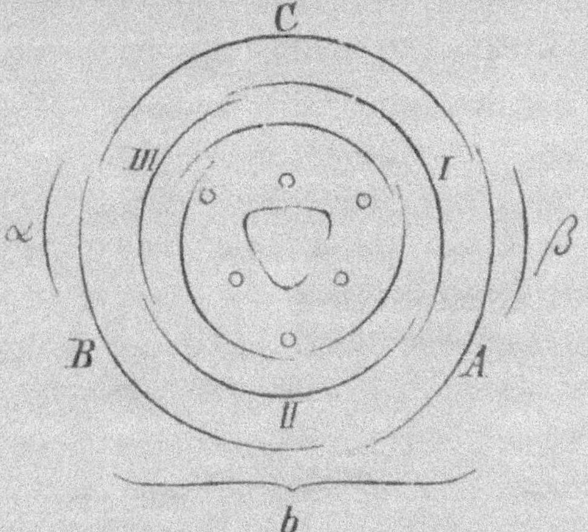

Diese Figur stellt ein ungestieltes seitliches Aehrchen eines ährenförmigen Blüthenstandes dieses interessanten Grases dar, welches auf dem Berge Corcovado bei Rio Janeiro vorkommt. Die Linie b bezeichnet den Durchschnitt des Tragblattes (bractea), aus dessen Achsel das Aehrchen entspringt. Die Buchstaben α, β, A, B und C bezeichnen die in der Regel fünfspelzige, derbe kurze Hülle, welche den Grund des Achrchens umgibt. Dieselbe besteht aus den zwei kleinen, seitlich stehenden Vorblättern α und β und einem Cyclus von drei kurzen, breiten, schuppenartigen, am oberen Rande grob gezähnten Spelzen. Jene zwei Vorblätter sind etwas kürzer und schmäler als die drei nachfolgenden Spelzen, das erste derselben gewöhnlich einrippig, ungezähnt und nur etwa eine halbe Linie lang, das zweite meistens zwei- oder dreirippig, etwa eine Linie lang und in der Regel auf der einen, zuweilen auch auf beiden Seiten oberwärts mit einem Zahne versehen. Die drei hieran sich anschliessenden Spelzen A, B, C bilden die eigentliche Hülle des Aehrchens. Sie sind mit mehreren, deutlich von einander gesonderten, stark hervortretenden, in die Zähne des oberen Randes auslaufenden Rippen versehen und gewöhnlich etwas länger als eine Linie. Nicht selten ist eine derselben mehr oder minder tief gespalten, während auch wieder an einem oder dem andern Aehrchen zwei davon am Grunde mehr oder minder mit einander verwachsen erscheinen. — Diese Spelzen decken einander dachartig nach der Zweidrittelsstellung.

Auf die kurzen, grob gezähnten Spelzen dieser Hülle folgen nun noch zwei stets dreizählige Cyclen von verlängerten, ganzrandigen Spelzen, wovon der äussere, mit I, II, III beeeichnete sowohl mit den schuppenartigen Blättern der eigentlichen Hülle als mit dem innern (nicht numerirten) Cyclus alternirt. Die Spelzen des äusseren Cyclus sind pergamentartig, weit derber als die der kurzen Hülle, flach und aussen mit dicken, aber seichten Längsrippen versehen. — Auch diese Spelzen decken einander dachartig nach der Zweidrittelsstellung. Die äusserste derselben ist etwa einen Zoll lang und mit einer sehr langen, vielfach hin und hergewundenen Granne versehen; die mittlere hat eine Länge von etwa einem halben Zoll und ist grannenlos, die innerste ist ein wenig kürzer und ebenfalls unbewehrt.

Die verlängerten ganzrandigen Spelzen des inneren Cyclus sind papierartig, sehr concav, mit zahlreichen, feineren, einander dicht anliegenden Längsrippen versehen und von gleicher Grösse, sämmtlich etwas über einen halben Zoll lang. An allen mir vorliegenden Aehrchen sind sie mit dem einen ihrer Seitenränder nach der gleichen Richtung, und zwar nach dem sogenannten kurzen Wege des vorangehenden, dachig deckenden Cyclus, in einander eingerollt.

Auf diese beiden Cyclen von langen Spelzen folgt, die Alternation regelmässig fortsetzend, ein äusserer und ein innerer Staubgefässkreis und endlich ein aus drei Fruchtblättern gebildetes, dreinarbiges Pistill.

Von etwa hautartigen Schüppchen ist keine Spur vorhanden. Sollten etwa gar keine squamulae vorhanden sein? Dies wäre doch in der Familie der Bambuseen, wo die squamulae sonst so ungewöhnlich gross und minder zart als gewöhnlich sind, und gerade bei einer Gruppe, in der alle anderen Blüthenorgane so vollständig und in so grossem Maasstabe ausgebildet sind, im höchsten Grad auffallend. Die Sache ist sehr einfach. Der innere Cyclus der verlängerten ganzrandigen Spelzen (I, II, III) besteht eben aus drei vielrippigen papierartigen lodiculis und bildet als solcher ein inneres Perigon, während die drei dickeren und dickrippigen verlängerten Spelzen des äusseren Cyclus (I, II, III) das äussere Perigon darstellen. Wo aber das Perigon selbst in solcher Vollständigkeit vorhanden ist, werden wir selbstverständlich die sonst meistens nur in kümmerlichem Zustande vorhandenen Rudimente eines solchen so wenig suchen wollen, als derjenige sich nach einem Surrogat umschaut, welcher die ächte Waare bereits in den Händen hat. Wir haben es also bei Streptochaeta mit einem Grase zu thun, das, gleich einem Juncus, ein doppeltes Perigon hat und den regelmässigen Bau der Blüthe zeigt, welcher der Erklärung der gewöhnlichen unregelmässigen Darbildungen der Grasblüthe zu Grunde zu legen ist.

Die Achse des hier besprochenen und im Grundrisse dargesellten Aehrchens endigt hier an dem Pistill, und die Blüthe des Aehrchens erweist sich somit als eine Gipfelblüthe.

Um übrigens nicht missverstanden zu werden, ist es nothwendig, dass ich meine Ansichten über die squamulae noch kurz aus einander setze.

Schon zu Anfange des Jahres 1868 habe ich im vierunddreissigsten Jahresberichte (Seite 57) mich dahin ausgesprochen, dass das bei den Stypaceen vorkommende hintere Schüppchen keine Nebenblattbildung sein könne. Zahlreiche weitere Untersuchungen haben mir die Richtigkeit dieser Ansicht bestätigt, und auch die schönen Beobachtungen von Dr. M. Schenk in Siegen stehen damit in völligem Einklange. Ich will meine Ansicht über den Gegenstand in möglichster Kürze darlegen.

Man hat zweierlei Schüppchen zu unterscheiden: Stipularschüppchen (squamulae stipulares) und Perigonialschüppchen (squamulae perigoniales.)

Die Stipularschüppchen entstehen, ähnlich wie die stipulae der Laubblätter und die Nebenblattbildungen der Deckspelze von Ichnanthus und den meisten Arten von Ehrharta, durch Lostrennungen von den Rändern der Vorspelze. Den Beweis davon liefern die Fälle, wo die verschiedenen Stufen des Zusammenhanges noch nachweisbar sind, wie ich es namentlich bei Oryza, bei der Steudel'schen Gattung Solenachne und bei den weiblichen Blüthen von Zea Mays beobachtet habe. Bei Zea sind die Vorspelzen weich, und man kann, besonders bei der Vorspelze der obersten Hüllspelze, daran mit völliger Deutlichkeit nachweisen, wie sich die Seitenränder derselben nach aussen umschlagen und bald in vollständigem Zusammenhange mit der Spelze bleiben, bald sich mehr oder weniger von derselben absondern. — Bei Oryza biegen sich die dünnen Seitenränder der Vorspelze einwärts und lösen sich in der Regel dicht an dem Randnerv ab, bleiben jedoch in Ausnahmsfällen auch mehr oder minder mit der Spelze verbunden. — Bei Solenachne sind die durchscheinenden Seitenränder der Vorspelze fast ihrer ganzen Länge nach einwärts umgebogen, lösen sich jedoch nur selten und, so weit meine Beobachtungen reichen, nie vollständig von der Vorspelze ab. Schlagen sich die Ränder der Vorspelze um, ohne sich bedeutend nach der Seite hin auszudehnen, so entstehen die squamulae collaterales oder squamulae anticae, wie wir dieselben z. B. bei Triticum, Secale, Avena und Lolium sehen. Haben sich die Ränder nach innen umgebogen, so bilden sich squamulae anticae internae aus; sind dagegen die Ränder nach aussen umgebogen, so entstehen squamulae anticae externae. Die letzteren finden sich sehr häufig bei den Paniceen; Trinius hat sie in sehr vielen Fällen ganz richtig abgebildet, ohne jedoch auf den Unterschied der beiderlei Schüppchen aufmerksam zu machen.

Schlagen sich die Ränder der Vorspelze weit nach den Seiten zurück, so bilden sich durch die erfolgende Lostrennung die squamulae laterales, oder squamulae oppositae aus. Dieser Vorgang ist bis jetzt nur auf den Innenseiten der Vorspelze beobachtet worden; es gibt demgemäss auch nur squamulae laterales internae.

Die squamulae anticae verwachsen nicht selten mit den an einander stossenden Rändern, wodurch die squamula unica entsteht, welche sich regelmässig z. B. bei Melica uniflora und Melica ciliata, und als vereinzelte Ausnahme bei manchen Bambuseen vorfindet.

Von ganz anderer Art als diese verschiedenen Stipularschüppchen sind die einen dreizähligen

Cyclus bildenden Schüppchen der Stypaceen, der Bambuseen und einiger mit denselben mehr oder minder verwandten Gattungen, namentlich des Genus Pariana. Sie beurkunden bei den genannten Grasgruppen schon dadurch ihre Verschiedenheit von jenen Stipulargebilden, dass sie mit und neben denselben an der nämlichen Blüthe vorkommen. Es sind die schuppenähnlichen Blätter eines dreizähligen Perigons. — Die Arten von Pariana und die Bambuseen haben dadurch in der Regel fünf squamulae, zwei Stipularschüppchen und drei Perigonialschüppchen. Bei Pariana habe ich sogar schon einmal sieben Schüppchen vorgefunden, indem sich, ohne Zweifel in Folge einer Faltung, zwei Schüppchen getheilt hatten.

Rudimentäre Andeutungen von inneren Schüppchen hat Dr. Schenk in Siegen bereits vor zwei Jahren bei vielen von unseren Gräsern, und zwar besonders schön bei Molinia caerulea, nachgewiesen. In sehr vielen Fällen sind bei den europäischen Arten diese rudimentären Perigonialschüppchen mehr oder minder mit den Stipularschüppchen verwachsen, und die Beobachtung wird dadurch erschwert; kann man jedoch frische Pflanzen zur Untersuchung benützen, so wird man bei einiger Geduld in den meisten Fällen beiderlei Schüppchen wohl unterscheiden, und man kann sich sogar leicht überzeugen, dass die längst beschriebenen Verschiedenheiten ihrer Gestaltung sehr häufig in solchen Verwachsungen ihren Grund haben. An getrockneten Gräsern derartige Untersuchungsreihen vorzunehmen, ist nicht rathsam, weil saftige squamulae beim Eintrocknen oft zusammenschrumpfen und dadurch ihre Gestalt verändern, wesshalb denn auch viele Beschreibungen der Gestalt dieser Organe in hohem Grad unzuverlässig sind. Bei den Bambuseen, wo die squamulae zu einer bedeutenderen Entwickelung gelangen, ist dieser Missstand weit geringer als bei andern Abtheilungen der Gramineen. Ein Blick in die Memoiren der Petersburger Akademie vom Jahr 1840, wo Ruprecht die Bambuseen meisterhaft behandelt, oder in den ersten Theil des 26. Bandes der Transactions of the Linnean society, wo Munro diese stattliche Gruppe von Gräsern abbildet, zeigt, dass es sich hier nicht mehr um fast mikroskopische, sondern um deutlich entwickelte Organe handelt, deren Grösse, Berippung und Gestaltverschiedenheit es auch zur Genüge rechtfertigt, dass wir die oben beschriebenen Blätter der Perigonialkreise von Streptochaeta spicata ihnen beigesellt haben.

Leicht könnte es sich fügen, dass über das Perigon der Gräser mit der Zeit noch weit Verwunderlicheres zu berichten wäre — Anlass zu dieser Bemerkung giebt mir ein vor wenigen Jahren bei Bahia in Brasilien entdecktes Gras, welches Brogniart im 16. Bande der Annales des sciences naturelles Seite 368 ff. Anomochloa marantoidea genannt und beschrieben hat.

Der Autor hat die Güte gehabt, mir ein im Garten des Pariser Museums gezogenes Exemplar zu übersenden, und ich kann mir um so weniger versagen, einige auffallende Eigenthümlichkeiten dieser merkwürdigen, zu den Oryzeen gehörigen Pflanze hier noch mitzutheilen, als zwei derselben mit der hier behandelten Frage in directer Beziehung stehen.

Der Blüthenstand derselben bildet eine zusammengesetzte Aehre. Am Grunde der Hauptäste befinden sich sehr grosse, fast laubartige Bracteen und am Grunde der einzelnen Aehrchen kurz scheidenförmige, durchscheinend hautartige Deckblätter, Organe, welche bei den Gräsern an dieser Stelle selten, in diesem Grade der Ausbildung jedoch meines Wissens nirgends vorkommen.

Die Aehrchen sind einblüthig, und diese eine Blüthe ist in dem Aehrchen endständig, ein Fall, welcher auser bei der oben besprochenen Streptochaeta spicata bis jetzt noch nirgends nachgewiesen ist. Die Hüllspelzen fehlen gänzlich. Das Aehrchen beginnt mit einer häutig-krautartigen Deckspelze, auf welche an derselben Achse, eine krustig-lederartige Vorspelze mit vielen, aber nur auf ihrer inneren Fläche deutlichen Rippen folgt. Auf dem ziemlich flachen Boden derselben befindet sich ein ziemlich breiter, aus sehr zahlreichen braunen, dichtstehenden Fasern gebildeter, nach innen scharf abgegränzter Ring und innerhalb desselben vier Staubgefässe nebst dem Pistill.

Ist nun jener an seinen beiden Rändern, besonders aber nach innen (gegen die Staubgefässe) sehr scharf abgegränzte Ring von Fasern nur eine Bekleidung der dadurch an jener Stelle struppigen inneren Fläche des Bodens der Vorspelze, oder stellt er ein, vielleicht aus getheilten oder zerschlissenen Spelzen bestehendes Perigon dar, welches etwa mit der reichblätterigen, oft acyclischen Corolle vieler Ranunculaceen oder in entfernterer Beziehung mit den Hüllen unserer Kastanien, Buchen und Eichen Analogien zeigt? — Ich vermuthe das Letztere, muss jedoch den eventuellen Beweis noch von der Zukunft erwarten.

Die in so vielen Beziehungen höchst interessante Gattung Anomochloa gibt uns auch für die Beurtheilung der Natur der Stipularschüppchen eine nicht unwichtige Thatsache an die Hand. Bei derselben sind nämlich die Ränder der Vorspelze ein wenig über einandergeschoben, und es liesse sich keine Ursache ermitteln, welche sowohl an dem innern, als an dem äussern

Rande die Absonderung von Nebenblättern erwirken sollte. In Uebereinstimmung damit ist auch keine Spur von solchen vorhanden.

In noch auffallenderer Weise zeigt sich dies bei den Stypaceen, in so fern hier bei vielen Arten der äussere Rand der Vorspelze über den innern gerollt und von dem Orte, wo sich die vorderen Schüppchen befinden, völlig abgeschieden ist. Diesem Bau entsprechend sind denn auch in allen derartigen Fällen nur Perigonialschüppchen vorhanden. Unsere europäische Flora bietet auch in dieser Beziehung reichlichen Stoff zur Ermittelung des Verständnisses der Grasblüthe.

Der Lichtwechsel des Sterns Algol im Perseus.

Nach Beobachtungen auf der Mannheimer Sternwarte.

(Eingereicht den 4. April 1870.)

Von Professor Dr. **E. Schönfeld**.

§ 1. Von allen veränderlichen Sternen hat keiner die Aufmerksamkeit der Astronomen so in Anspruch genommen, wie Mira im Walfisch und Algol im Perseus; jener als der zuerst bekannt gewordene und wegen seiner grossen, mehr als sieben Grössenklassen umfassenden und bis zur ersten heraureichenden Lichtschwankungen; dieser wegen der besondern, lange Zeit einzig dastehenden Art seines Lichtwechsels und wegen der merkwürdigen Verkürzung seiner sehr genau zu bestimmenden Periode. Seine Geschichte habe ich im 32. Jahresberichte, S. 77, 78, in Kürze zusammengefasst; seit dieser Zeit sind die Resultate, die der hervorragendste Bearbeiter des Sterns, Herr Geh. Rath Argelander, erhalten hat, durch die Veröffentlichung des 7. Bandes der Bonner Beobachtungen genauer bekannt gegeben und die Beobachtungen selbst sind besonders durch J. Schmidt, Winnecke und den Verfasser dieser Zeilen fortgesetzt worden.

Die meisten Arbeiten über den Stern beziehen sich auf die Periode und die Veränderungen ihrer Dauer.

Vor nunmehr 27 Jahren hat Argelander gezeigt, dass die älteren Beobachtungen bis 1832, wenn sie sich auch durch eine gleichmässige Periode von $2^t\ 20^h\ 48^m\ 58^s\,5$ noch darstellen lassen, doch schon eine Verkürzung derselben von einer Secunde in 50 Jahren verrathen, und dass diese Verkürzung durch seine eigenen von 1840—1842 fast zur Evidenz erhoben werde. Derselbe hat dann späterhin nicht nur die fortschreitende Verkürzung constatirt, sondern auch ihr Vorhandensein bis etwa gegen 1855 unzweifelhaft nachgewiesen. Seitdem ist aber die Verkürzung, wie aus übereinstimmenden Rechnungen von Argelander und mir hervorgeht, nicht weiter fortgeschritten, sondern vielmehr wahrscheinlich in eine Verlängerung übergegangen. Aber obwohl, besonders durch die von Argelander ausgegangene Anregung, das Material sich seit 16 Jahren ungemein gehäuft hat, so ist dasselbe doch, soweit es bis jetzt vorliegt, schwerlich hinreichend, etwas anderes als die *Existenz* dieser kleinen Verlängerung erkennen zu lassen. Ihr Gesetz bleibt noch zweifelhaft und ebenso, ob sie eine stetige, oder durch partielle Rückgänge unterbrochen gewesen ist. Der Grund dieses Zweifels ist ein doppelter; zunächst die geringe Grösse der Verlängerung selbst; dann aber ganz wesentlich der Umstand, dass die Beobachtungsresultate, die berechneten Minima der Helligkeit, nicht von allen Astronomen gleichmässig abgeleitet werden, wesshalb das bis jetzt zugängliche Material zur Untersuchung solch feiner Fragen weniger geschickt ist, als sich später die Originalbeobachtungen zeigen werden.

Der Gang des Lichtwechsels innerhalb einer Periode ist weit weniger untersucht worden als die periodische Wiederkehr der Minima; die meisten Angaben darüber sind ziemlich vag und dabei unter sich nur in geringer

Uebereinstimmung. Mit Uebergehung der ältesten Bemerkungen von Goodricke und Andern (sie sind auf zu wenige Beobachtungen gegründet), sowie von solchen Notizen, die nicht auf eigenen Untersuchungen ihrer Urheber zu beruhen scheinen, führe ich darüber das Folgende als das Wesentliche an.

§ 2. Nach Wurm (Zach, geographische Ephemeriden, II, S. 215; 1798 Sept.) kommen von den 68,8 Stunden der Periode 3 auf die Abnahme, 18 Minuten auf das kleinste Licht, in welchem die Veränderung völlig Null ist, und volle 3 Stunden auf die Zunahme; die ganze Dauer des Lichtwechsels schätzt W. auf $6^1/_2$ Stunden. Man könnte aus den etwas unbestimmten Ausdrücken auf die Ansicht schliessen, dass die Zunahme etwas langsamer geschehe als die Abnahme. Aber weiterhin gibt W. die Vorschrift, vor und nach dem Minimum die Zeiten der Gleichheit des Veränderlichen mit benachbarten Sternen, z. B. γ und δ im Perseus, zu notiren und fügt hinzu: das Mittel dieser Zeiten gibt auch die Mitte des kleinsten Lichts. Die Dauer der kleinsten Phase soll bei einiger Uebung recht wohl bestimmbar, und in dem Moment, wo sie eintritt, der Abfall des Glanzes (die Geschwindigkeit der Lichtabnahme) sehr merklich sein. Das kleinste Licht selbst findet W. kaum etwas heller als ρ Persei, und in seltenen Fällen diesem Sterne gleich. Der Umstand, dass ρ selbst stark veränderlich ist, scheint W. ganz entgangen zu sein, und er ist auch, obwohl von Argelander bemerkt, doch erst von J. Schmidt 1854 ausser allen Zweifel gesetzt worden.

Argelander hat sich über diese Erscheinungen zu verschiedenen Zeiten geäussert. In Schumacher's Jahrbuch für 1844 (S. 243 ff.) ist die volle Helligkeit = schwach 2^m, die Dauer der Zu- und Abnahme zu je

3 bis 4 Stunden angegeben, die des kleinsten Lichts zu etwa $^1/_4$ Stunde. In diesem ist der Stern bald heller bald schwächer als ρ, doch könnte auch ρ selbst etwas veränderlich sein (S. 245). Der Stern nimmt etwas rascher zu als ab, aber die Art, wie diess geschieht, ist noch nicht untersucht; eine Bemerkung von Arago, dass die Lichtänderung in beiden Zweigen am raschesten sei, wenn der Stern die 3. Grösse passirt, bleibt zweifelhaft, im Mittel geben die (nur wenig zahlreichen) Beobachtungen hier in 12 bis 13 Minuten eine Aenderung von einer Stufe. Später (1850, August) gibt A. die ganze Dauer der Veränderung zu 7 bis 8 Stunden an, die Ab- und Zunahme aber als nicht ganz regelmässig, sondern in der Nähe des Minimums rascher (in Humboldt's Kosmos, III, S. 246). Dann fügt er aber daselbst hinzu: „Merk- „würdig ist dabei, dass der Stern, nachdem er gegen „eine Stunde an Licht zugenommen hat, etwa ebenso „lange fast in derselben Helligkeit bleibt und dann erst „wieder merklich wächst." Die letztere Ansicht ist es auch wohl, auf die A. neuerdings im 7. Bande der Bonner Beobachtungen zurückkommt, wo er bei Gelegenheit des Ausschlusses von Beobachtungen des Herrn Le Ricque de Monchy (S. 30 des Separatabdruckes) sagt: „ich habe sie nicht benutzt, weil der Beobachter, „wie es scheint, nicht das eigentliche Minimum ange- „setzt hat, sondern die Zeit nach dem Minimum, zu „der der Stern fast stationär ist."

Im Uebrigen hat, wie aus andern Gründen, insbesondere aus der Methode, die zu einem Minimum gehörigen Beobachtungen durch eine continuirliche Curve auszugleichen, zu schliessen ist, bei Argelander der Ausdruck, dass das Minimum eine Dauer habe, eine andere Bedeutung als bei Wurm. Der Lichtwandel ist, wie schon aus dem Begriff eines Maximums oder Minimums folgt, um diese Zeit zu gering um sich beschränkten Hülfsmitteln zu verrathen. Auch in Betreff des vollen Lichtes macht A. 1856 die sehr gegründete Bemerkung (Astr. Nachr., Band 42, Nr. 1000), dass eine völlige Constanz des Lichts in dieser Phase noch keineswegs erwiesen sei.

§ 3. Am eingehendsten hat sich J. Schmidt mit der vorliegenden Untersuchung beschäftigt. Seine Arbeit (Astr. Nachr. Band 39, Nr. 918) fasst achtjährige Beobachtungen bis Nov. 1853 zusammen, beschränkt sich aber nur auf einen Theil der Erscheinungen, nämlich auf die vier Stunden in deren Mitte das Minimum liegt. Hierfür hat Sch. 954 Vergleichungen von Algol mit δ Persei zu einer Darstellung des mittleren Ganges des Lichtwechsels verwerthet und sehr merkwürdige Resultate gefunden. Nach diesen ist sowohl die Abnahme des Lichts als die Zunahme durch je drei Verzögerungen unterbrochen. Einige davon hält Sch. selbst noch für zweifelhaft; dass aber Algol 90 Minuten vor dem Minimum aufhöre abzunehmen, 10 Minuten lang entweder constant bleibe oder gar ein weniges zunehme, alsdann nach weiteren 5 Minuten wieder beginne, und zwar ungewöhnlich rasch, abzunehmen und später bald eine neue Verzögerung hierin erleide, hält er für sicher constatirt. Ingleichem findet er eine Verzögerung der Lichtzunahme von 80 bis 90 Minuten nach dem Minimum als „ohne Zweifel schon sicher bestimmt.“ Im Allgemeinen folgt aus den Untersuchungen die Zeitdauer der Ab- und Zunahme nahe gleich; es ist nämlich Algol

gleich δ Persei	46^m7	vor und	48^m0	nach dem Minimum.
ε „	64.0	„	61.0	„ „ „
β Trianguli	95.0	„	96.0	„ „ „

Die Specialuntersuchungen über die Helligkeitsunterschiede gegen die beiden letztern Sterne theilt

Sch. zwar nicht mit, sagt aber ausdrücklich, dass sie die aus δ Persei gezogenen Resultate vollkommen bestätigen.

Zur Vergleichung der Schmidt'schen Rechnungen mit den weiterhin folgenden von mir ist noch zu bemerken, dass Schmidt's Einheit — seine Lichtstufe — einen viel grössern Helligkeitsunterschied repräsentirt, als die meinige. Ich finde aus der Vergleichung das Verhältniss 1 : 2.39, und Schmidt's Nullpunkt = 7.0 in meiner Scala. Genauere Untersuchungen habe ich nicht angestellt, besonders wegen der grossen Unterschiede in der Annahme der Helligkeiten der Vergleichsterne. Dass solche persönliche Unterschiede vorkommen, ist in der verschiedenen Empfänglichkeit der Augen für verschiedenfarbiges Licht begründet; ihre Grösse im vorliegenden Falle aber war mir dennoch sehr überraschend. Schmidt setzt δ Persei 0.66 Stufen schwächer als ε, und letzteren wieder 0.83 schwächer als β Trianguli; ich sehe aber (ebenso wie Argelander) ε Persei unzweifelhaft heller als β Trianguli, und habe aus dem Complex meiner Beobachtungen mit freiem Auge (Wiener Sitzungsberichte, Band 42, S. 182) δ = 7.8, β Tr. = 8.9, ε = 12.4, aus denen im Opernglase aber bis 1869 Oct. 12 δ = 7.8, β Tr. = 9.1, ε = 12.8 bestimmt. Unter diesen Umständen würde eine Vergleichung meiner Resultate, welche auf der Vergleichung des Veränderlichen mit vielen Sternen beruhen, mit denen von Schmidt, die in ihrer publicirten Form nur einen Vergleichstern berücksichtigen, wenig Interesse haben.

§ 4. Eine vollständige Kritik der, vor den frühern jedenfalls durch grössere Bestimmtheit ausgezeichneten Untersuchungen von Schmidt kann hier, da mir die Kenntniss seiner Originalbeobachtungen fehlt, nicht erwartet werden. Da ich aber bei meinen eigenen

Untersuchungen — und man sieht aus dem Mitgetheilten, dass solche nichts weniger als überflüssig sind — bei mannichfacher Gleichheit des Ganges dennoch im Einzelnen viele Rechnungen anders angelegt habe, so stelle ich die wesentlichsten Unterschiede hier zusammen.

1) Sch. behandelt die Vergleichungen von Algol mit jedem einzelnen Vergleichstern für sich, und sieht die Uebereinstimmung der aus den verschiedenen Sternen erhaltenen Resultate als eine gegenseitige Bestätigung an. Ich halte mit vielen andern Astronomen gleichzeitige Vergleichungen mit verschiedenen Sternen für nicht völlig unabhängig von einander, und deshalb die Beweiskraft derselben zu dem obigen Zwecke für relativ gering. Uebrigens ist für den von Sch. untersuchten Theil des Lichtwechsels ein einziger Vergleichstern (δ Persei) zur Noth ausreichend; in grösseren Abständen vom Minimum müssen nothwendig noch andere Sterne zu Hülfe genommen werden, und die Aufstellung einer zusammenhängenden Vergleichsternscala, und damit die strengere Anwendung von Argelander's Rechnungsmethoden (s. z. B. 29. Jahresbericht S. 82 ff.) wird unvermeidlich.

2) Bei der Vereinigung der Beobachtungen verschiedener Nächte zur Darstellung der mittlern Lichtcurve geht Sch. von dem jedesmaligen beobachteten Minimum als Nullpunkt der Zeiten aus. Dies Verfahren ist gerechtfertigt, wenn die zufällige Abweichung der Minima von ihrer gesetzlichen Wiederkehr den zufälligen Beobachtungsfehler übertrifft. Nun machen es allerdings verschiedene Untersuchungen wahrscheinlich, dass solche (im naturwissenschaftlichen Sinne) zufällige Abweichungen vorhanden sind, indem sie zeigen, dass gleichzeitige Bestimmungen desselben Minimums durch verschiedene Beobachter durchschnitt-

lich besser zusammenstimmen, als verschiedene Minima durch Rechnung auf eine gemeinsame Hauptepoche reducirt. Aber dieselben Untersuchungen zeigen auch die geringere Strenge des Verfahrens von Sch. Argelander findet (Bonner Beobachtungen, Band 7, S. 38) jene wahrscheinliche reelle Abweichung aus zwei umfangreichen Reihen bez. $0^m 60$ und $0^m 64$; ich selbst aus einer neuern zwar etwas grösser, nämlich nahe 2^m, aber aus allen folgt der reine Beobachtungsfehler viel bedeutender, zwischen 4 und 6 Zeitminuten. Hierbei ist die Periode von Argelander als vollkommen gleichförmig angenommen, bei mir ist eine Formel zu Grunde gelegt, die auch das Quadrat der Zeit berücksichtigt. Ich bin daher bei meiner Arbeit um so mehr von den berechneten Minimis ausgegangen, als man sich dann viel freier von aller Präoccupation durch die vielen Einflüsse halten kann, welche die gegenseitige Uebereinstimmung der Beobachtungen einer Nacht auf Kosten der Richtigkeit des Resultats vergrössern.

Es scheint nicht, als habe Schmidt seine spätern, mit grosser Ausdauer bis in die neueste Zeit fortgesetzten Beobachtungen bereits einer ähnlichen Discussion unterworfen. Beiläufige Bemerkungen über den Gegenstand finden sich von ihm an verschiedenen Stellen der Astr. Nachr., aus denen ich trotz einzelner Notizen über die Möglichkeit anderer Ausgleichung (Band 44, S. 262), über anomale Curven u. s. w. den Eindruck erhalte, dass Schmidt noch jetzt die Resultate der ersten acht Jahre als sicher constatirt ansieht. Eine der neuesten Aeusserungen in diesem Sinne steht Astr. Nachr. Band 74, S. 285, die schwerlich geschrieben worden wäre, wenn die neueren Beobachtungen den älteren Resultaten wesentlich widersprächen. Dabei bleibt aber selbstverständlich eine genauere Untersuchung recht wünschenswerth. Dass meine Beobachtungen die Ungleichmässigkeiten des Lichtwechsels nicht ergeben, habe ich schon 1866 im 32. Jahresberichte (S. 78) erwähnt. Die seitdem angestellten ergeben sie eben so wenig. Die Einzelcurven, durch welche ich, wie gebräuchlich, bisher die Beobachtungen eines jeden Minimums ausgeglichen habe, zeigen zwar hin und wieder derartige Einbiegungen, von denen ich noch nicht entscheiden möchte, ob sie reell oder durch Anhäufung zufälliger oder systematischer Beobachtungsfehler entstanden sind: dieselben fallen aber nicht — und dies ist das Wesentliche — an verschiedenen Abenden in gleiche Abstände vom Minimum. Sie sind also jedenfalls keine constanten Theile der Lichtcurve, und müssen zur Bestimmung des letztern, auch wenn sie reell sind, ebenso unter die zufälligen Abweichungen versetzt werden, wie im Problem von der Sonnenbewegung im Raume die reellen Fixsternbewegungen neben die Beobachtungsfehler. Auf dem Princip die objectiven Ungleichmässigkeiten, die in der äussern Natur begründet sind, den subjectiven, den Beobachtungsfehlern zu parallelisiren, beruht überhaupt unsere ganze Methode: sonst dürfte man bei der Bestimmung des Lichtwechsels von Veränderlichen gar keine ausgleichenden Curven construiren, sondern müsste nur die einzelnen Helligkeitspunkte verbinden, und diese Zickzack- oder Wellenlinie als das Bild des wahrscheinlichsten Lichtwechsels ansehen. Dieses trüge aber dann die volle Entstellung durch die Beobachtungsfehler an sich, und man gleicht deshalb die Punkte durch eine Curve, welche nach Regelmässigkeit strebt, aus. Dabei kann man sich bei dem gänzlichen Mangel aller Theorie immer der Möglichkeit bewusst bleiben dass der wahre Verlauf des Lichtwechsels sich zu dem durch die Curve angegebenen verhalte, wie z. B. der Lauf eines Flusses zu seiner Darstellung auf einem Situationsplan oder einer Landkarte, wo auch auf die kleinsten Krümmungen der Ufer keine Rücksicht genommen werden kann. Aber das Weglassen dieser beeinträchtigt die Karte nicht wesentlich, während das Angeben unsicherer oder unrichtiger erheblich schadet, weil es eine imaginäre Genauigkeit erwarten lässt. So soll auch eine Lichtcurve in erster Instanz den allgemeinen Charakter des Lichtwechsels darstellen, Details nur da, wo diese sich aus den Beobachtungsfehlern relativ sicher herausheben. Was nun dabei als reelle Ungleichmässigkeit, was als Beobachtungsfehler anzusehen ist, darüber ist ein allgemeines Urtheil für jetzt nicht möglich; ein bedingtes aber dann, wenn die wahrscheinliche Grösse des letzteren anderweitig ermittelt werden kann. Für meine Beobachtungen im Opernglase ist dieselbe nach eingehender Untersuchung mehrerer häufig beobachteter Sterne 0.5 bis 0.6 meiner Stufen für die vollständige Beobachtung. Ein näherer Anschluss der Curve, welche den mittleren Lichtwechsel zu repräsentiren bestimmt ist, auf Kosten ihrer Regelmässigkeit ist daher nicht zweckentsprechend, und erst, wenn die Vermeidung einer Einbiegung die wahrscheinliche Abweichung der Curve von den Beobachtungen wesentlich vergrössert, können die letzteren als beweiskräftig für die Ungleichmässigkeit des Lichtwechsels betrachtet werden.

Fügt man dem Vorigen noch die allgemeine Bemerkung bei, dass ich mich bei der Untersuchung fast vollständig der wohlbekannten, in den Abhandlungen über β Lyrae entwickelten Methode von Argelander bedient habe, so wird damit Alles zusammengestellt sein, was zum Verständniss der dem Folgenden zu Grunde liegenden Principien nöthig ist.

§ 5. Meine Beobachtungen von Algol, die ich 1853 Oct. 23 begonnen habe, zerfallen in zwei Theile. In den ersten Jahren beobachtete ich mit freiem Auge, seit 1859 Juli 17 aber in einem Opernglase von 13 Linien Oeffnung mit zweimaliger Vergrösserung. Die erste kleinere Reihe habe ich zur Darstellung des Lichtwechsels nicht mit benutzt, um das Material nicht ungleichförmig zu machen; die zweite, bis Ende 1864 sporadisch, seitdem aber mit Hintansetzung anderer Beobachtungen angestellt, umfasst nach Ausschluss der unsichern bis 1870 Ende März 677 vollständige Bestimmungen, jede durchschnittlich auf der Vergleichung von Algol mit 2 Sternen beruhend. Mit Ausnahme der 14 ersten, in Bonn erhaltenen, sind alle auf der hiesigen Sternwarte gesammelt; nur 35 liegen weiter von einem Minimum ab als + 5 Stunden. Die Vergleichsterne sind ρ, δ, γ, ε im Perseus, die ich mit ihren griechischen Buchstaben bezeichne; ferner a = α und b = β Trianguli, h = β Arietis, i = ι Aurigae, c = γ Andromedae. Von ρ, der selbst veränderlich ist, wurde ausserdem noch eine selbstständige Reihe beobachtet, für die auch ν Persei benutzt ist, und seine Helligkeit für jeden Abend, an dem er als Vergleichstern für Algol diente, besonders ermittelt. Aus der Combination beider Reihen fand sich folgende, allen weitern Zahlen zu Grunde liegende, nach der Methode der kleinsten Quadrate ausgeglichene V e r g l e i c h s t e r n s c a l a, deren Einheit meine Lichtstufe ist:

ν = 0.9, a = 3.5, δ = 7.8, b = 9.1, γ = 10.9, ε = 12.8,
h = 16.7, i = 17.3, c = 23.4.

Am seltensten ist γ benutzt, und seine Helligkeit entsprechend unsicher. In den helleren Phasen wurde

Algol gewöhnlich mit h und c verglichen; in bedeutenden westlichen Stundenwinkeln aber steht h viel tiefer als der Veränderliche, und wurde dann durch i ersetzt, welcher stark gelb gefärbte Stern mir zwar mit freiem Auge schwächer als h erscheint, im Opernglase aber einen helleren Eindruck macht. Es sind zur Scala im Allgemeinen die Beobachtungen bis 1869 Oct. 12 benutzt; da aber unter diesen i im Ganzen selten vorkommt, so habe ich die Gleichungen für h, i und c sämmtlich bis zum Schlusse der Beobachtungen aufgestellt und mit zur Rechnung gezogen. Mittelst der so erhaltenen Scala wurden nun alle Beobachtungen von Algol in Zahlen verwandelt, die sich auf denselben Nullpunkt und dieselbe Einheit beziehen, indem ich dabei streng dieselbe Consequenz befolgte, wie bei der Bearbeitung meiner früheren Bonner Beobachtungen (Wiener Sitzungsberichte, Band 42). Diese waren alsdann nach dem Zeitunterschiede gegen das je nächstliegende Minimum zu ordnen und zu diesem Zwecke zuerst die Elemente, aus welchen die Minima zu berechnen waren, zu ermitteln.

Man kann eigentlich die Periode von Algol für die ganzen 10³/₄ Jahre, welche die benutzte Reihe umfasst, als gleichförmig annehmen. Argelander hat sie neuerdings (Bonner Beobb., Band 7, S. 38) für die Epoche 7954 (1800 Jan. 1 18^{h} als Null gezählt) zu 2^{t} 20^{h} 48^{m} 53^{s} 813 abgeleitet; von den Elementen

Ep. 8478 = 1866 Juli 23 21^{h} 25^{m} 7 mittl. Zeit Paris (a)
Periode = 2^{t} 20^{h} 48^{m} 54^{s} 00

weichen die Jahresmittel aller mir bekannt gewordenen Minima vom August 1858 bis zum April 1869 im Sinne Rechnung — Beobachtung um die Grössen ab

Ep. 7502	-5^m16	16	Minima
7617	+ 5.87	18	„
7757	− 4.21	17	„
7894	+ 6.62	10	„
7996	− 2.20	4	„
8120	−12.46	5	„
8256	+ 3.27	9	„
8393	− 0.27	18	„
8519	− 0.22	10	„
8645	− 0.38	8	„
8764	+ 1.69	9	„

nach deren Betrag und Gang man wohl bei der bequemen runden Zehntelminute in der Periode bleiben könnte. Für frühere Zeiten jedoch bis über 1840 zurück geben die zuletzt angeführten Elemente die Epochen durchweg zu früh, und man muss, um die nächst früheren sechs Jahresmittel mit darzustellen, eine Formel ableiten, die wenigstens das Quadrat der Zeit berücksichtigt. Nach mehrfachen Versuchen bin ich endlich bei der folgenden stehen geblieben, deren letztes Glied allerdings von seinem wahrscheinlichen Fehler fast um das doppelte übertroffen wird:

$$\begin{aligned}\text{Ep. E} &= 1860 \text{ Juni } 14\ 3^h\ 24^m 11 \text{ Mittl. Zeit Paris} \\ &+ 2^t\ 20^h\ 48^m 89308\ (E - 7700) \\ &+ 6^m 1204 \left(\frac{E - 7700}{1000}\right)^2 - 2^m 0349 \left(\frac{E - 7700}{1000}\right)^3 \qquad \text{(b)}\end{aligned}$$

Sie stimmt mit den Elementen (a) von Ep. 8008 ab durchweg innerhalb der Zeitminute überein, früherhin gibt sie die Epochen etwas später, bei Ep. 7600 steigt die Differenz aber erst auf 3^m365; bei Ep. 8453 geben beide Systeme gleiche Werthe. Ich habe die Normalhelligkeiten von Algol, die zur Bestimmung der mittleren Lichtcurve dienen, durch Vergleichung mit beiden gebildet; nachdem ich mich aber überzeugt hatte, dass die (schon a priori zu erwartende) nahe Uebereinstimmung beider Rechnungen nicht etwa durch eine Anhäufung zufälliger Abweichungen beeinträchtigt werde, habe ich dem Systeme (b) den Vorzug gegeben, aus dem für seine absolute Richtigkeit zwar nicht viel beweisenden, hier aber doch etwas ins Gewicht fallenden Grunde, dass sein Anschluss an die Beobachtungen gerade für die Zeiten ein etwas besserer ist, in die das Gros meiner eigenen Beobachtungen fällt.

§ 6. Das folgende Tableau gibt nun die Mittelzahlen, welche der Ableitung der Curve zu Grunde gelegt wurden. In der nächsten Umgebung des Minimums sind die Beobachtungen so zahlreich, dass jede Mittelzahl aus einer gleichen Anzahl einzelner Beobachtungen gebildet werden konnte; an den Grenzen musste diese Anzahl beschränkt werden, um nicht solche zu vereinigen, die zeitlich zu weit getrennt waren. Nach dem Erfolg ausgeschlossen ist keine sichere Beobachtung. Da die Gesammtheit aller in zweiter Näherung (§ 7) eine Correction des Minimums der Elemente (b) von — 2^{m} 8 ergab, so habe ich der besseren Uebersicht wegen diese Correction hier gleich angebracht, und ebenso die Vergleichung mit der definitiven Curve beigefügt. Es bedeutet also:

T Die Zeit seit dem nächst liegenden Minimum (vorher negativ, nachher positiv), berechnet aus den Elementen (b), wenn man in diesen die Epoche in 1860 Juni 14 3^{h} 21^{m} 31 verwandelt;

N Die zugehörige Normalhelligkeit von Algol, bezogen auf die Scala § 5.

p Die Zahl von Beobachtungen, auf denen sie beruht;

v Die Werthe, die man zu N algebraisch addiren muss, um die entsprechenden Werthe der ausgleichenden Curve § 7 zu erhalten.

T		N	p	v
-4^h30^m	80	20.70	2	−0.08
	7.80	20.36	3	+0.04
−3	44.38	19.75	4	+0.18
	25.03	19.42	4	+0.04
	9.17	18.89	6	+0.11
−2	47.02	18.42	6	−0.27
	29.34	17.79	9	−0.48
	13.70	15.63	9	+0.73
	0.56	15.21	10	+0.12
−1	45.80	14.30	10	−0.39
	34.50	12.66	10	−0.05
	28.87	11.83	10	+0.06
	20.03	10.82	10	−0.03
	14.98	10.58	10	−0.40
	8.33	8.83	10	+0.56
	5.33	9.17	10	−0.12
	0.37	8.82	10	−0.30
−0.	56.03	7.56	10	+0.53
	52.64	8.20	10	−0.44
	46.91	6.92	10	+0.38
	43.06	7.09	10	−0.08
	38.99	6.59	10	+0.17
	35.84	6.22	10	+0.34
	32.08	6.94	10	−0.58
	28.60	6.29	10	−0.09
	24.68	5.93	10	+0.10
	21.57	5.89	10	+0.04
	19.43	5.84	10	+0.02
	15.49	5.69	10	+0.06
	11.81	5.77	10	−0.10
	9.17	5.66	10	−0.03
	5.74	5.49	10	+0.10
	1.75	5.52	10	+0.04
+0	0.16	5.21	10	+0.35
	4.58	5.85	10	−0.27
	7.31	5.47	10	+0.13
	11.31	5.59	10	+0.07
	14.72	5.88	10	−0.15
	17.29	5.86	10	−0.07

T	*N*	*p*	*v*
$+0^h21^m92$	5.94	10	−0.02
25.14	6.05	10	−0.03
28.26	6.20	10	−0.07
33.13	6.50	10	−0.17
35.60	6.48	10	−0.06
38.43	6.47	10	+0.07
43.03	6.84	10	−0.10
46.25	7.04	10	−0.15
48.95	7.01	10	+0.01
53.62	7.02	10	+0.23
57.17	7.40	10	+0.04
+1 1.27	7.80	10	−0.13
5.42	7.94	10	−0.02
8.32	7.89	10	+0.21
13.36	8.58	10	−0.15
17.34	8.97	10	−0.24
22.35	8.56	10	+0.56
27.37	9.59	10	−0.02
32.27	9.84	10	+0.19
38.95	10.76	10	−0.01
45.62	11.90	10	−0.38
52.47	12.20	10	+0.13
+2 0.46	13.46	10	−0.24
11.39	14.74	10	−0.46
27.09	15.53	9	+0.01
43.60	16.59	9	+0.13
57.34	16.87	7	+0.67
+3 11.63	18.27	7	+0.06
33.48	19.46	6	−0.13
49.40	20.06	4	−0.15
+4 5.07	20.54	3	−0.19
33.32	20.73	4	+0.04
$+0^t\ 7^h57$	20.77	5	
20.17	20.58	5	
+1 4.19	20.88	5	
15.31	21.10	5	
23.89	21.04	5	
+2 6.63	21.04	5	
12.59	20.73	5	

§ 7. Die letzten sieben Helligkeiten fallen in das volle Licht des Veränderlichen. Sie scheinen einen kleinen Gang zu befolgen, als ob die Helligkeit $1^t\ 20^h$ nach dem Minimum das absolute Maximum erreiche, also auch das sog. volle Licht keine ganz constante Phase wäre. Indessen sind die wahrscheinlichen Fehler der Zahlen grösser als ihre durchschnittlichen Differenzen, auch ist zu bemerken, dass die vierte zufällig überwiegend aus den schwierigeren Vergleichungen mit ι Aurigae gebildet ist, und wenn man diese ausschliesst, so erhält man 20.65 anstatt 21.10. Ich betrachte also den Gang als zufällig und Algol als im vollen Lichte von constanter Helligkeit, habe auch das dafür anzusetzende Mittel = 20.88 aus demselben Grunde in 20.8 anstatt 20.9 abgerundet.

Die sorgfältige Ausgleichung der übrigen 71 Normalzahlen durch eine continuirliche Curve mit möglichst einfacher Krümmung ergab in zweiter Näherung den tiefsten Punkt derselben $2^m 8$ vor dem Nullpunkte der aus (b) berechneten Zeiten, also die

Correction des Minimums der Elemente (b)

$$= -2^m 8$$

und dazu die folgende

Lichtcurve von Algol

—4h35m	20.8	—1h25m	11.42	+1h45m	11.45
30	20.70	20	10.79	50	12.04
25	20.64	15	10.18	55	12.62
20	20.57	10	9.58	+2 0	13.17
15	20.50	5	9.01	5	13.68
10	20.42	0	8.48	10	14.15
5	20.33	—0 55	7.99	15	14.60
0	20.24	50	7.54	20	15.02
—3 55	20.15	45	7.15	25	15.41
50	20.05	40	6.81	30	15.78
45	19.94	35	6.51	35	16.13
40	19.83	30	6.26	40	16.48
35	19.71	25	6.05	45	16.81
30	19.59	20	5.88	50	17.12
25	19.46	15	5.74	55	17.42
20	19.32	10	5.64	+3 0	17.71
15	19.18	5	5.58	5	17.99
10	19.03	+0 0	5.56	10	18.25
5	18.86	5	5.58	15	18.50
0	18.68	10	5.64	20	18.74
—2 55	18.48	15	5.73	25	18.97
50	18.27	20	5.86	30	19.19
45	18.06	25	6.02	35	19.39
40	17.84	30	6.20	40	19.58
35	17.60	35	6.40	45	19.76
30	17.35	40	6.61	50	19.93
25	17.08	45	6.83	55	20.09
20	16.78	50	7.07	+4 0	20.23
15	16.45	55	7.32	5	20.35
10	16.09	+1 0	7.60	10	20.46
5	15.70	5	7.89	15	20.56
0	15.28	10	8.21	20	20.64
—1 55	14.83	15	8.55	25	20.70
50	14.35	20	8.93	30	20.75
45	13.83	25	9.35	35	20.8
40	13.26	30	9.81		
35	12.67	35	10.32	Volles Licht	
30	12.05	40	10.87	= 20.8	
25	11.42	45	11.45		

Hiernach ist der Lichtwechsel von Algol folgendermassen zu charakterisiren: die Zeitdauer der Veränderlichkeit innerhalb der Periode beträgt jedenfalls mehr als 8 Stunden, ihr wahrscheinlichster Werth ist nahe $9^1/_4$ Stunden, und das Minimum liegt sehr nahe in der Mitte derselben. Es geschieht aber die Abnahme in den grösseren Abständen vom Minimum langsamer als die Zunahme in den symmetrisch liegenden Theilen, in den geringern rascher. Daher entsprechen im Allgemeinen den Zeiten vor dem Minimum grössere Helligkeiten, als den gleichen nach demselben. Die stärkste Abnahme findet $1^h\ 26^m$ vor dem Minimum statt, wenn der Stern etwas schwächer als das Mittel von γ und ε Persei geworden ist, die stärkste Zunahme in sehr nahe derselben Helligkeit, aber $1^h\ 47^m$ nach dem Minimum. Im Minimum ist Algol kaum schwächer als das Mittel von δ Persei und α Trianguli, im vollen Lichte bleibt er schwächer als γ Andromedae, und zwar verhält sich sein Unterschied gegen diesen zu dem gegen den schwächern β Arietis nahe wie 5 zu 8. Die ganze Lichtänderung beträgt $15^1/_4$ Stufen. Zum Anschluss der Scala an die gebräuchlichen Grössenklassen ist zu bemerken, dass γ Andromedae mir als ein Mittelstern der zweiten Grösse ($=2^m0$) erscheint, δ Persei als ein sehr schwacher der dritten (3^m5), α Trianguli etwa 3^m9, ν Persei 4^m1. Für mein Auge und das Opernglas erstreckt sich also die Lichtänderung von Algol von 2^m2 bis 3^m7.

Die Vergleichung der Curve mit den Normalhelligkeiten zeigt nicht blos, dass meine Beobachtungen mit der Hypothese eines nahezu gleichmässigen Lichtwechsels verträglich sind, sondern sie macht vielmehr jede Unterbrechung desselben durch Verzögerungen, Rückgänge u. dgl. von irgend erheblichem Betrage unwahrscheinlich. Die Columne der v zeigt zwar an mehreren Stellen grössere Zeichenfolgen, an anderen, z. B. zwischen $1^h\ 8^m$ und $0^h\ 32^m$ vor dem Minimum, Anhäufungen von grösseren Fehlern mit auffälligem Gange; aber bei der grossen Zahl von 71 Punkten, durch welche die Curve bestimmt ist, müssen derartige Vorkommnisse schon a priori erwartet werden, und aus dem ganzen Complex resultirt ein wahrscheinlicher Fehler der Beobachtungen von befriedigender Grösse. Die Summe der pvv beträgt nämlich 43.123, und die Curve kann als durch 7 unabhängige Constanten bestimmt betrachtet werden. Hieraus ergibt sich der wahrscheinliche Fehler der einzelnen Beobachtung, einschliesslich der Unsicherheit ihrer Reduction auf die Vergleichsternscala

$$= 0.551 \pm 0.0657 \text{ Stufen},$$

nicht grösser als er nach meinen übrigen Erfahrungen zu erwarten ist, aber auch nicht kleiner, so dass also zugleich der Anschluss der Curve nicht als ein gezwungener erscheint.

Dass mit der Behauptung, die Lichtcurve von Algol zeige keine Einbiegungen, nicht in aller Strenge gesagt sein soll, es kämen solche als besondere Störungen nicht in einzelnen Erscheinungen vor, habe ich schon früher erwähnt, und dasselbe gilt überhaupt von Abweichungen der Form der Lichtcurve von der mittleren. Aber hier, wo die ein einzelnes Minimum bestimmenden Beobachtungen sich in so kurzen Intervallen folgen, wirken stets viele Fehlerquellen systematisch und verzerren die Lichtcurve, ohne dass dies in der Regelmässigkeit des Ganges der Beobachtungen sonderlich zu Tage träte. Es ist kaum nöthig, einige derartige Umstände anzuführen. Die Schwankungen in der Feinheit z. B., mit der

Lichtunterschiede aufgefasst werden, eliminiren sich auch durch die Verbindung der Vergleichungen mit helleren und schwächeren Sternen nicht völlig, und desshalb wird Algol bei geringerer Empfindlichkeit des Auges, wenn er einem Vergleichstern nahe gleich ist, in dieser Phase länger zu verweilen scheinen; die Curve zeigt dann hier eine Einbiegung. Jeder langsame Wechsel der äusseren Umstände während eines Minimums kann die Lichtcurve verfälschen, z. B. der Auf- oder Untergang des Mondes, die Variationen der Sternhöhen, die fortschreitende Ermüdung oder Uebung des Auges und dergleichen. Wollte man aber hierbei nur die günstigsten Umstände abwarten, so würde man in unserem Klima überhaupt auf eine genügend vollständige Beobachtungsreihe verzichten müssen, und so wird es bei unseren Beobachtungsmethoden dem einzelnen Beobachter immer schwer sein, derartige Anomalien mit einer Sicherheit zu erkennen, die der Ueberzeugung von ihrer Realität nahe kommt. Somit möchte ich denn auch nach meiner Reihe noch kein definitives Urtheil fällen, sondern vielmehr aus ihr ein Beispiel anführen, wie leicht in dieser Frage Zweifel zurückbleiben können. Das Minimum von 1865 Nov. 19 ist durch 19 gute Beobachtungen in 3 Stunden 5 Minuten bestimmt, und die Vergleichung der letzteren mit der obigen mittleren Lichtcurve nach Argelander's Methode (s. § 9) ergibt die Zeit desselben $7^h\ 29^m\ 8$, während ich früher durch eine bei erneuter Ansicht als richtig erkannte Einzelcurve dafür $7^h\ 42^m\ 3$ abgeleitet habe (Astr. Nachr. Band 73, Nro. 1729). Die Abnahme stellt sich hier langsamer heraus, die Zunahme rascher als im Mittel, die Abweichung tritt am stärksten in den anderthalb Stunden hervor, die das Minimum einschliessen. Aber an diesem Abend ist ρ Persei sehr schwach gewesen, so dass in den schwächsten Phasen von

Algol grössere Stufenunterschiede auftreten, als sonst, und dieser Umstand ist möglicherweise der subjective Grund der Anomalie — ein neuer Beweis, wie schwer es ist, solche objectiv nachzuweisen, und zugleich, wie sehr Argelander's Methode, die den Untersuchungen über die Perioden der veränderlichen Sterne zu Grunde zu legenden Phasen durch Hinzuziehung möglichst vieler, auch von den betr. Phasen entfernterer Beobachtungen zu bestimmen, den gewöhnlichen Curvenzeichnungen, bei denen stets den nächstliegenden ein stark überwiegender Einfluss eingeräumt wird, überlegen ist. Im vorliegenden Falle lässt übrigens eine regelmässige Periode bei beiden Resultaten entgegengesetzte Fehler übrig.

§ 8. Die Lichtcurve von Algol gibt nun nicht nur die Kenntniss von den Grundzügen des Verlaufs seines Lichtwechsels, sondern auch die Mittel, durch die eben erwähnte Argelander'sche Methode die Zeiten der einzelnen Minima aus den zugehörigen Beobachtungen zu ermitteln. Von der Methode selbst muss hier das Detail als bekannt vorausgesetzt, und nur bemerkt werden, dass das Gewicht, mit dem jede Beobachtung zum Resultate stimmt, durch die zugehörige Differenz der Reihe der Helligkeiten (die Geschwindigkeit des Lichtwechsels in der betr. Phase) gegeben ist. Direct sind indessen die Zahlen des vorigen § nur für meine Beobachtungen im Opernglase anwendbar, andere müssen erst auf dieselbe Stufenweite und Helligkeitsscala reducirt werden. Man kann aber auch ohne diese Reduction aus der Vergleichung mit der Curve sehr sichere Resultate gewinnen, nämlich durch die Combination gleicher oder nahe gleicher Helligkeiten vor und nach dem Minimum.

Wären die beiden Zweige der Lichtcurve ganz symmetrisch, so würde entsprechend der Vorschrift von

Wurm (§ 2) das Mittel der Zeiten gleicher Helligkeiten stets die des Minimums selbst sein. Nach meiner Curve erhält dies Mittel eine (im Allgemeinen negative) Correction, die durch Interpolation aus der Curve leicht mit dem beobachteten Zeitintervall als Argument zu tabuliren ist, und das Gewicht dieser Correction ist (nicht ganz streng, aber entsprechend Argelander's Voraussetzungen) die Summe der Gewichte, welche den Zeiten in der Lichtcurve zugehören. Die Geschwindigkeiten der Lichtänderung zu diesen Zeiten ergeben dann weiter die Verbesserungen, die noch anzubringen sind, wenn die beobachteten Helligkeiten nur nahe, nicht völlig gleich waren. Die letzteren gelten streng allerdings auch nur für meine Stufenweite; wenn man aber nur Helligkeitsdifferenzen von wenigen Zehntelstufen zur Combination bringt, so genügt eine sehr rohe Kenntniss des Verhältnisses anderer Stufen zu denen der Tafel, um die nöthige Strenge zu erreichen.

Hierauf beruht die folgende Tafel. Man entnimmt aus ihr mit dem Argumente $J = t^1 - t$ die Correction $c + nd$, die man zur Zeit $\frac{1}{2}(t^1 + t)$ algebraisch addiren muss, um aus zwei das Minimum einschliessenden Beobachtungen zur Zeit t und t^1 das Minimum zu erhalten, wenn Algol zur späteren Zeit t^1 um d Zehntelstufen heller beobachtet worden ist, als zur früheren t, und gibt beim Zusammenfassen mehrerer solcher Bestimmungen zu einem Minimum einer jeden das Gewicht p.

J	c	n	p	J	c	n	p
$0^h 0^m$	$-0^m.0$	$-\infty$		$4^h 0^m$	$-11^m.0$	$-0^m.52$	96
10	−0.0	$-6^m.25$	8	10	−11.3	−0.55	90
20	−0.1	−3.13	16	20	−11.5	−0.59	84
30	−0.2	−2.17	23	30	−11.8	−0.63	79
40	−0.3	−1.67	30	40	−12.1	−0.67	74
50	−0.5	−1.39	36	50	−12.3	−0.71	71
1 0	−0.7	−1.19	42	5 0	−12.3	−0.76	66
10	−1.1	−1.03	48	10	−12.2	−0.82	61
20	−1.8	−0.93	54	20	−12.0	−0.88	57
30	−2.7	−0.85	59	30	−11.7	−0.93	54
40	−3.6	−0.78	65	40	−11.3	−0.98	52
50	−4.6	−0.71	70	50	−10.7	−1.03	48
2 0	−5.6	−0.65	77	6 0	−10.2	−1.08	46
10	−6.6	−0.60	83	10	−9.8	−1.13	45
20	−7.5	−0.55	91	20	−9.3	−1.19	42
30	−8.3	−0.50	100	30	−8.6	−1.25	40
40	−8.9	−0.47	107	40	−7.8	−1.33	37
50	−9.4	−0.44	114	50	−6.9	−1.42	34
3 0	−9.7	−0.42	118	7 0	−6.0	−1.51	33
10	−9.9	−0.41	121	10	−5.2	−1.61	31
20	−10.1	−0.41	121	20	−4.2	−1.71	30
30	−10.3	−0.43	117	30	−3.3	−1.82	28
40	−10.5	−0.45	111	40	−2.2	−1.93	27
50	−10.7	−0.48	104	50	−1.2	−2.16	24
4 0	−11.0	−0.52	96	8 0	−0.2	−2.38	21

Da die Werthe dieser Tafel durch mehrfache Interpolation und Addition gebildet sind, so ist ihr Gang nicht ganz regelmässig, was aber ohne praktische Bedeutung ist.

Ich habe z. B. 1870 Jan. 31 beobachtet um $6^h 36^m.4$ Algol ½ Stufe heller als δ, um $8^h 46^m.4$ beide gleich. Hier ist also $J = 2^h 10^m.0$, $d = -5$, und damit das Minimum $7^h 41^m.4 - 6^m.6 + 5 \times 0^m.60 = 7^h 37^m.8$ mittlerer Zeit Mannheim, $p = 83$. Die Möglichkeit, auf solche leichte Weise die Zeiten der Minima zu berechnen, ist namentlich bei den kleineren Beobachtungsreihen von Vortheil, die keine selbstständige Bestimmung einer Helligkeitsscala gestatten; vor Allem für die vielen beobachteten Minima, die wesentlich oder ganz auf dem Vergleichstern ρ beruhen, ohne dass man die Helligkeit des Letzteren, der selbst veränderlich ist, genügend ermitteln könnte.

§ 9. Die Minima, welche durch meine Beobachtungen sicher, d. h. durch Theile der Ab- und Zunahme, bestimmt sind, habe ich nun durch Vergleichung mit der Lichttafel des § 7 neu berechnet, und theile sie hier als Beitrag zu weiteren Untersuchungen mit. Eine Vergleichung der Zeiten derselben mit den Elementen (b) schien mir überflüssig; von den Elementen (a) weicht ihr Mittel um -2^m90 ab (der Complex aller Beobachtungen hatte für die Elemente (b) die Correction -2^m8 gegeben, § 7, und die Elemente (a) geben die Epochen durchschnittlich nur um -0^m24 früher) und diesen Werth habe ich als Verbesserung der Elemente (a) angenommen, welche dadurch die Gestalt bekommen:

$$\text{Ep. E} = 1867 \text{ Jan. } 0 \; 11^h\, 1^m2 \text{ M. Z. Paris}$$
$$+ \; 2^t\, 20^h 48^m 9 \; (E - 8534) \qquad (c)$$

Die Abweichungen der das Minimum zunächst einschliessenden Beobachtungen von den Helligkeiten der Tafel habe ich benutzt, um die jedesmalige Minimum-Helligkeit abzuleiten. Das Tableau gibt demnach die Ordnungszahl der Epoche, die beobachtete mittlere Mannheimer Zeit derselben, ihre Reduction auf die Sonne und die damit erhaltene Pariser Zeit, zu der ein Beobachter auf der Sonne das Minimum gesehen haben würde, dann unter v die Abweichung der Elemente (c) im Sinne Rechnung — Beobachtung, und die kleinste Helligkeit h.

Ep.	M. Zt. Mannheim						Paris		v	h
7584	1859	Juli	17	13h	7m0	—3m8 =	12h	38m7	+ 7m5	5.4
7735	1860	Sept.	22	12	9.8	+4.5	11	49.8	+ 0.3	5.9
7887	1861	Dec.	2	7	59.2	+7.2	7	41.9	+ 1.0	4.8
7894			22	9	35.0	+6.0	9	16.5	+ 8.7	4.9
7895			25	6	24.3	+5.8	6	5.6	+ 8.5	4.6
8278	1864	Dec.	27	10	33.8	+5.6	10	14.9	+ 7.9	4.9
8308	1865	März	23	11	26.6	—4.8	10	57.3	— 7.5	5.9
8353		Juli	30	11	59.4	—2.2	11	32.7	— 2.4	4.9
8360		Aug.	19	13	46.9	+0.4	13	22.8	—10.2	4.7
8369		Sept.	14	8	48.2	+3.6	8	27.3	+ 5.4	5.2
8376		Oct.	4	10	33.4	+5.6	10	14.5	+ 0.5	5.6
8377			7	7	21.9	+5.9	7	3.3	+ 0.6	5.1
8392		Nov.	19	7	29.8	+7.6	7	12.9	+ 4.5	5.9
8413	1866	Jan.	18	12	48.4	+3.3	12	27.2	— 2.9	6.2
8414			21	9	44.1	+2.9	9	22.5	— 9.3	5.5
8415			24	6	32.2	+2.5	6	10.2	— 8.1	5.5
8437		März	28	8	27.5	—5.3	7	57.7	+ 0.2	4.9
8504		Oct.	6	10	43.4	+5.8	10	24.7	+ 9.5	5.8
8541	1867	Jan.	20	12	59.1	+3.0	12	37.6	+ 5.9	5.5
8550		Febr.	15	8	25.3	—0.3	8	0.5	+ 3.1	5.9
8648		Nov.	23	8	11.4	+7.5	7	54.4	+ 1.4	5.9
8678	1868	Febr.	17	8	59.0	—0.5	8	34.0	—11.2	5.9
8821	1869	April	2	9	32.8	—5.8	9	2.5	— 7.0	6.6
8872		Aug.	26	14	51.0	+1.3	14	27.8	+ 1.6	5.1
8873			29	11	44.6	+1.6	11	21.7	+ 6.6	5.8
8874		Sept.	1	8	31.4	+2.0	8	8.9	— 1.7	5.8
8888		Oct.	11	11	43.6	+6.2	11	25.3	+ 6.5	6.2
8905		Nov.	29	5	53.8	+7.4	5	36.7	—13.5	5.7
8910		Dec.	13	13	53.0	+6.7	13	35.2	— 7.6	4.8
8926	1870	Jan.	28	10	53.4	+2.0	10	30.9	— 0.9	5.6
8927			31	7	39.0	+1.6	7	16.1	+ 2.8	6.1
8949		April	4	9	30.9	—5.9	9	0.5	+14.2	5.7 *)

*) Dies letzte Minimum ist erst nach der Ausarbeitung des Aufsatzes erhalten und daher bei den Rechnungen nicht benutzt worden. Ich habe es während des Druckes noch angefügt, weil es der Zeit nach zu den früheren seit Ep. 8872 gehört und mit diesen zu demselben Jahresmittel zu ziehen ist.

Aus der Columne v folgt der wahrscheinliche Fehler eines durch die Tafel des § 7 berechneten Minimums $= 4^m467$; die frühere Ausgleichung durch Einzelcurven, wie ich sie (ausser für die letzten Minima seit 1869) an verschiedenen Stellen der Astr. Nachr. angegeben habe, gibt dafür 5^m652. Beide Werthe sind durch die Fehler der Elemente in nahe gleichem Maasse beeinflusst, die Ausgleichung durch die Lichttafel ist also jedenfalls ganz wesentlich im Vortheil. Ob die v des letzten Tableaus überhaupt noch zufällige Störungen im Eintreffen der Minima verrathen oder ganz durch die Fehler der Beobachtungen und der Elemente (c) zu erklären sind, kann erst später untersucht werden.

Das Mittel der h gibt für die mittlere Helligkeit von Algol im Minimum 5.50, mit dem wahrscheinlichen Fehler $+$ 0.067, also innerhalb desselben mit dem Werthe 5.56 der Tafel übereinstimmend; der w. F. eines einzelnen h ist 0.374. Da jedes im Durchschnitt auf 5.2 Beobachtungen mit dem w. F. 0.554 (§ 7) beruht, so sollte man statt 0.374 die Zahl 0.243 erwarten, wenn nicht eine Anzahl Fehlerursachen immer den Beobachtungen, die zu einem h zusammengezogen wurden, gemeinsam wären, weil diese unter gleichen Umständen angestellt sind. Ueberdies beruht fast jedes h grossentheils auf der Annahme über die gleichzeitige Helligkeit von ρ, die nicht die Sicherheit hat, wie die andern Werthe der Vergleichsternscala, sondern immer nur aus wenigen Beobachtungen bestimmt sein kann. Ich glaube, dass man die entsprechende Unsicherheit auf $1/5$ Stufe schätzen kann, und damit verwandelt sich schon die Zahl 0.243 in 0.315. Es ist also aus den Zahlen des Tableaus nicht auf eine Schwankung in der Minimalhelligkeit von Algol zu schliessen. Dasselbe Resultat haben, wenn auch mit etwas geringerer Sicherheit, 11 von mir zu Bonn mit freiem Auge beobachtete Minima gegeben, worüber meine Abhandlung in den Wiener Sitzungsberichten zu vergleichen ist.

Die unabhängigste Prüfung der im Vorigen mitgetheilten Resultate meiner Beobachtungen ist zur Zeit durch die Bearbeitung der schönen Beobachtungsreihe von Argelander, die sich von 1840 bis 1859 und sporadisch bis 1866 erstreckt, zu erlangen. Indessen muss dieser umfangreichen Untersuchung erst eine andere vorausgehen, die über die Ungleichförmigkeit der Periode. Es ist nämlich die letztere von 1842 bis 1855 weit stärkern Veränderungen unterworfen gewesen als später, und die Vereinigung aller Beobachtungen von Argelander zu einer mittleren Lichtcurve wird daher von dieser Seite einige Schwierigkeit haben, so lange das Gesetz der Veränderlichkeit der Periode nicht genauer bekannt ist als jetzt. Um dazu zu gelangen, ist eine Neuberechnung aller zugänglichen Beobachtungen durch ein gleichmässiges Verfahren fast nothwendig, und hierzu können, wie mir scheint, die Tafeln der §§. 7 und 8 mit Vortheil angewandt werden.

Die

Witterungs-Verhältnisse von Mannheim

im Jahre 1869

von

Oberstabsarzt Dr. **E. Weber.**

Die meteorologischen Beobachtungen im verflossenen Kalender-Jahre reihen sich bezüglich des Lokals *), der Instrumenten, Reductionen und der Beobachtungsstunden (Morgens 7, Nachmittags 2 und Abends 9 Uhr) genau an die vorhergegangenen Jahre an und es dienen, wo keine besondere Bemerkung stattfindet, zur Vergleichung mit den aus denselben erhaltenen arithmetischen Mitteln, die in dem 18. und 19. Jahresberichte unserer Gesellschaft mitgetheilten Ergebnisse aus 12jähriger Beobachtung als Normalwerthe.

Der auf 0° reducirte Luftdruck betrug im Mittel 333'''.37 und überstieg das normale Mittel um 0'''.67. Nach Elimination des Dunstdruckes war der absolute Luftdruck am Morgen 330'''.24, Nachmittags 330'''.17, Abends 330'''.22, am ganzen Tage 330'''.21. Er zeigte sich am Nachmittage um 0'''.12 tiefer als am Morgen und am Abend um 0'''.14 höher als Nachmittags. Den höchsten mittleren Barometerstand (336'''.05) hatte der

---

*) Dasselbe liegt nach gefälliger genauer Ermittlung Grossh. Wasser- und Strassenbau-Inspection dahier 385,96 badische Fuss (115.79 Meter) ü. d. M.

Januar (normal December), den niedersten (329''',86) der März (normal April). Der absolut stärkste Luftdruck wurde mit 340''',17 am 19. Januar, der absolut tiefste mit 322''',79 am 22. März beobachtet. Die Differenz zwischen dem Mittel der Maxima und Minima betrug 10''',11 und war nahezu normal, während die der Extreme um 5''',32 unter der 12jährigen blieb.

Die grössten Barometerschwankungen (13''',98) kamen im November, die geringsten (6''',68) im Juli vor.

In den Monaten Januar, Februar, April, Juni, Juli, August, September, October, November und December überstieg der mittlere Luftdruck das normale Mittel, während er nur im März und Mai unter demselben blieb. Bemerkenswerth ist, dass in dem durch sehr hohen Luftdruck ausgezeichneten Januar die vorherrschende Windrichtung eine äquatoriale war, während im März bei sehr tiefem Barometerstand die Polarströmung vorherrschte.

Die mittlere Temperatur des Jahres 1869 betrug 8°,353 R. (das wahre Mittel nach der Formel $\frac{VII + II + 2IX}{4}$ 8°,235) und blieb um 8°,433 unter dem Mittel aus 12 Jahren. Als mittlere Temperaturen der 3 Beobachtungszeiten ergaben sich für den Morgen 6°,73, den Nachmittag 10°,45, den Abend 7°,88. Der mittlere tägliche Temperatur-Unterschied zwischen Morgen und Nachmittag betrug demnach 3°,72, zwischen Nachmittag und Abend 2°,57. Diese Differenzen stehen um 0°,64 resp. 0°,41 unter dem Durchschnitte. Die grösste mittlere Temperatur-Differenz zwischen Morgen und Nachmittag (5°,71) kam im April, die kleinste (1°74) im November, die grösste (3°,90) zwischen Nachmittag und Abend im September, die kleinste (0°15) im November vor. Die grösste an einem Tage beobachtete Temperatur-Schwankung betrug 11°,8 (am 26. Juni), die geringste 1°,1 (am 19. November). Die grössten monatlichen Schwankungen (21°,1) hatte der December, die geringsten (11°,8) der Februar.

Das absolute Maximum der Temperatur wurde am 24. Juli mit 25,7, das absolute Minimum mit —11°,2 am 23. Januar beobachtet. Die Differenz mit 36°,9 blieb um 11°,1 unter der im Laufe von 12 Jahren beobachteten der Extreme, während die Differenz der täglichen Maxima und Minima nur um 0°,82 unter der normalen blieb.

Der wärmste Monat war der Juli (normal) mit einer mittleren Temperatur von 17°,76, der kälteste der December (normal Januar) mit 0°,24.

Zur leichtern Beurtheilung der Temperatur-Verhältnisse des verflossenen Jahres möge folgende Zusammenstellung der mittleren Temperaturen der einzelnen Monate und der aus 12 Jahren erhaltenen Mittelwerthe mit den sich ergebenden Differenzen dienen:

	Mittlere Temperatur 1869	Mittlere Temperatur aus 12 Jahren	Differenz.
Januar	0°,48	0°,45	+ 0°,03
Februar	5,66	2,40	+ 3,26
März	2,55	4,56	— 2,01
April	10,59	8,58	+ 2,01
Mai	12,15	12,83	— 0,68
Juni	12,41	15,35	— 3,20
Juli	17,76	16,43	+ 1,33
August	14,17	15,45	— 1,28
September	13,73	12,78	+ 0,95
October	6,58	8,69	— 2,11
November	3,88	4,65	— 0,77
December	0,24	2,16	— 1,92

Wir ersehen hieraus, dass in 7 Monaten die mittlere Temperatur unter dem normalen Mittel blieb und dass der Februar der relativ wärmste, der Juni aber der relativ kälteste Monat war. Als nahezu normal kann die Temperatur des Januars betrachtet werden.

Die mittleren, höchsten und tiefsten Temperaturen der meteorologischen Jahreszeiten ergibt folgende Tabelle:

Winter (Dec. v. J. - Febr.)	3°,94	13°.9	— 11°,2
Frühling (März-Mai) . .	8,43	19,6	— 3,0
Sommer (Juni-August) . .	14,78	25,7	5,0
Herbst (Sept.-Novemb.) . .	8,06	24,0	— 3,1

Es ergibt sich aus dieser Zusammenstellung, dass nur die Temperatur des Winters sich über das normale Mittel erhob und zwar um 2°,37, während der Frühling um 0°,23, der Sommer um 0°,96 und der Herbst um 0°.65 unter demselben blieben.

Der mittlere Dunstdruck des Jahres 1869 belief sich auf 3‴.16 und blieb um 0‴,25 unter dem normalen Mittel. Den stärksten mittleren Dunstdruck (5‴.19) hatte der Juli, den geringsten (1‴,76) der Januar. Das absolute Maximum der Dunstspannung fiel mit 7‴,19 auf den 29. Juli, das absolute Minimum derselben mit 0‴,56 auf den 26. Januar. Die grössten Psychrometer-Schwankungen (4‴,81) kamen im August, die geringsten (1‴,56) im März vor.

Die aus den Psychrometer-Beobachtungen berechnete relative Luftfeuchtigkeit (Dunstsättigung) betrug im verflossenen Jahre im Mittel 0,72 und differirte von der normalen nur um 0,01. Die grösste mittlere Feuchtigkeit der Luft (0.86) hatte der December, die geringste (0,61) der April. Das absolute Maximum der Luftfeuchtigkeit wurde mit 102 am 2. April, das absolute Minimum derselben mit 0,23 am

24. Juli notirt. Die bedeutendsten Hygrometer-Schwankungen (0,77) kamen im April, die geringsten 0,49) im November vor.

Die Verdünstung des Jahres 1869 betrug 526‴,66 der Höhe einer Wassersäule, täglich durchschnittlich 1‴,44 Sie überstieg das 12jährige Mittel um 69‴,46. Die stärkste monatliche Verdünstung wurde mit 89‴,74 im Juli, die geringste mit 10‴,45 im December beobachtet. Die grösste Verdünstung an einem Tage betrug 4‴,69 am 22. Juli, die geringste 0‴,03 am 13. December.

Die Gesammtmenge der atmosphärischen Niederschläge belief sich im verflossenen Jahre auf 2554,0 Cubikzoll auf den Quadratfuss oder 17″,74 Höhe und blieb um 3″,33 unter dem Durchschnitte aus 34 Jahren.

Regen fiel an 137, Schnee an 18, Reg n und Schnee an 8 Tagen, so dass die Summe der Tage mit messbaren Niederschlägen sich auf 163 belief und das Mittel aus 40 Jahren um 1,8 überstieg. Ausserdem wurden 74 Tage mit Duft, 32 mit Nebel, 17 mit Höherauch, 40 mit Reif, 18 mit Gewitter, 3 mit Hagel, 1 mit Graupeln und 1 mit Glatteis notirt.

Die meisten Tage mit Regen (und Niederschlag überhaupt) hatte der Mai und zwar 21, welche Zahl das Mittel aus 28 Jahren um 6,3 übersteigt. Nur 8 Tage mit Niederschlag kamen in den Monaten Januar, März, April, Juli, August und December vor. Die meisten (8) Schneetage kamen auf den März, während Schnee überhaupt im Februar, März, Oktober, November und December fiel. Reif kam am häufigsten im Januar vor. Die meisten (6) Gewitter hatte der Mai, die nächst häufigen (5) der Juli.

Höherauch wurde am häufigsten und in bedeutender Intensität im Juli, nämlich vom 6.—11. beobachtet und zwar des Morgens, namentlich am 8., in Verbindung mit Nebel, welche Complikation wohl als eine seltene zu betrachten ist. Am 6. herrschte westliche Windströmung, am 7. NW., am 8. Morgens NW., Nachmittags und Abends S., am 9. Morgens S., Nachmittags und Abends NW., am 10. und 11. nördliche und nordwestliche Luftströmung, welche am 11. Nachmittags in südöstliche überging, womit diese Erscheinung, welche wir uns nicht erinnern je in solcher Intensität und von einer so langen Dauer beobachtet zu haben, ihr Ende erreichte. Die Temperatur war während derselben andauernd sehr hoch und stieg, mit Ausnahme des 7., täglich Nachmittags über 20° R. Der Zusammenhang dieses sehr weit verbreiteten und gleichzeitig in Frankreich, Deutschland, Ungarn und Italien beobachteten Höherauchs mit Moorbränden im Norden von Deutschland, namentlich in Ostfriesland wurde von Dr. Prestel[1]) durch genaue Beobachtungen zur Evidenz nachgewiesen.

Die mittlere Bewölkung des Jahres 1869 betrug in Procenten der Himmelfläche ausgedrückt 0,63 und überstieg das Mittel aus 12 Jahren um 0,05. Heitere Tage kamen 33, unterbrochen heitere 89, durchbrochen trübe 138, ganz trübe 105 vor. Der heiterste Monat war der April (0,44), der trübste der November (0,83). Die meisten (8) ganz heitere Tage hatte der April, die meisten (18) ganz trübe der März und November, die wenigsten (3) der September. Gar keine völlig heitere Tage kamen im Juni vor.

Der Wind zeigte in seinen Hauptrichtungen nur geringe Abweichungen von der Norm, indem sich die

---

[1]) Ueber die Ursache der Trübung der Luft in der ersten Hälfte des Juli. Zeitschrift der österreichischen Gesellschaft für Meteorologie, IV. Band, No. 19.

Polarströmung zur Aequatorialströmung wie 43,7 zu 56,3 (normal 40 — 60) verhielt, woraus sich eine nur unbedeutende Zunahme der Häufigkeit ersterer im Verhältniss zur letzteren ergibt. Als mittlere Windrichtung wurde nach der Lambert'schen Formel 267°,2 = W berechnet. Auch in den einzelnen Richtungen zeigte sich in sofern ein normales Verhältniss, als der Südwind vorherrschte. Nach ihm wehte NW am häufigsten, während im Mittel aus 12 Jahren SW der nächst häufige Wind ist; NO und O wurden häufiger als normal beobachtet, wodurch auch die kühlere Temperatur des verflossenen Jahres ihre Erklärung finden dürfte. Namentlich verdankt aber der kühle Sommer dem beträchtlich vorherrschenden NW seinen Charakter. Nach ihrer Häufigkeit geordnet, zeigen die verschiedenen Windrichtungen folgende absteigende Reihe: S, NW, N, W, SW, NO, SO, O. In den Monaten März, April, Juli und August herrschte die Polarströmung, in den Monaten Januar, Februar, Mai, Juni, September, October, November und December die Aequatorialströmung vor.

Die Stärke des Windes blieb etwas unter dem Mittel, auch die Zahl der Tage mit Wind (2—4) war um 25 geringer als normal. Am windigsten war der November mit 132 Intensität, am windstillsten der Juli mit 92. Die meisten (15) Tage mit Wind hatte der September, die wenigsten (8) der October, die meisten (4) Stürme kamen im Februar, keine in den Monaten Januar, April, Juli und Oktober vor.

Die mittlere monatliche Veränderlichkeit (Uebergang von einer Richtung zu einer andern) des Windes betrug 53,1. Am veränderlichsten (66) war die Windrichtung im Juli, am constantesten (40) im Januar und December.

Der mittlere Ozongehalt der Luft aus den Morgens 7 Uhr und Abends 9 Uhr angestellten Beobachtungen betrug im Jahre 1869 3,32 der Schönbein'schen Scala und blieb um 1,80 unter dem Mittel aus 9 Jahren. Als Mittel für die Nacht ergaben sich 3,61, für den Tag 3,03. Die Differenz mit 0,58 nähert sich der normalen (0.66). In allen Monaten, mit Ausnahme des Juli und Oktober war die Ozonreaktion bei Nacht stärker als bei Tag.

Den stärksten mittlern Ozongehalt hatte die Luft mit 4,35 im November, den geringsten mit 2,12 im März. In allen Monaten blieb derselbe unter dem 9jährigen Mittel.

Die meteorologischen Jahreszeiten zeigten folgenden mittlern Ozongehalt und dessen Abweichungen von den Normalwerthen.

	Mittel 1869	Mittel aus 9 Jahren	Differenz
Winter	3.36	4,73	— 1,37
Frühling	2,84	5,57	— 2,73
Sommer	3,31	6,79	— 3,48
Herbst	4.03	4,23	— 0,20

Es ergibt sich hieraus eine sehr beträchtliche Verminderung der Ozonreaction im Sommer, während dieselbe im Herbste eine nur geringe Abweichung zeigt.

In Folgendem geben wir den allgemeinen Witterungs-Charakter des Jahres 1869 unter Vergleichung mit den aus 12jähriger Beobachtung erhaltenen Mittelwerthen:

Barometerstand ziemlich tief mit nahezu normalen Schwankungen, Temperatur um 0,44° unter dem Mittel mit geringeren monatlichen und täglichen Differenzen; Dunstdruck über, relative Luftfeuchtigkeit etwas unter dem Mittel, Verdünstung und Bewölkung beträchtlich stärker als normal; Zahl der Tage mit Niederschlägen überhaupt um 1,8 über dem 40jährigen Mittel, wobei die Zahl der Schneetage allein dasselbe um 1,1 überstieg; gefallene Wassermenge um 3,33" Höhe unter dem Durchschnitte aus 34 Jahren; Zahl der Tage mit Reif, wie mit Höherauch beträchtlich grösser als normal, während die der Gewitter normal war; Aequatorialströmung in viel geringerem Verhältnisse als normal die Polarströmung überwiegend. S bedeutend vorherrschend, mittlere Windrichtung W, bei etwas geringerer Stärke wie Veränderlichkeit des Windes; Ozongehalt der Luft geringer als normal, bei Nacht stärker als bei Tag.

Mit wenigen Worten ist das Jahr 1869 als ziemlich kühl, trüb, mässig feucht, nicht sehr windig und ozonarm zu bezeichnen.

Die klimatischen Jahreszeiten lassen sich in folgender Weise charakterisiren:

I. Winter. Der klimatische Winter (mittlere Tagestemperatur unter 5° R.) begann am 6. November 1868 und endete mit dem 17. März 1869. Er umfasste 132 Tage und war etwas früher und um 4 Tage kürzer als normal.

Die mittlere Temperatur der 5 Wintermonate (November-März) betrug 3°,43 und erhob sich um 0°,59 über das normale Mittel. Die höchste Temperatur wurde mit 13°,9 am 7. December 1868, die tiefste mit —11°,2 am 23. Januar notirt. Eis hatten 37 (normal 65) Tage, Frosttemperatur 20, Wintertemperatur 98, Frühlings- oder Herbsttemperatur 53 Tage. Von letztern kamen je 5 auf den November und Januar, 6 auf den

März, 17 auf den Februar und 20 auf den December. Das erste Eis wurde am 21. November 1868, das letzte am 28. April 1869 beobachtet.

Die mittlere Luftfeuchttigkeit des Winters betrug 0,79 (normal 0,78), die in Regen und Schnee gefallene Wassermenge 971,8 Cubikzoll auf den Quadratfuss oder 8",09 Höhe und blieb um 27,6 Cubikzoll unter dem Mittel aus 25 Jahren. Regen fiel an 58 (normal 44), Schnee an 15 (normal 21) Tagen. Der erste Schnee fiel am 9. November 1868, der letzte am 28. März 1869. Die mittlere Bewölkung betrug 0,74 (normal 0,67).

Die Polarströmung verhielt sich zur Aequatorialströmung wie 41,2 zu 58,8 gegen 38 : 63 des normalen Verhältnisses. Als mittlere Windrichtung ergab sich nach der Lambert'schen Formel aus den 8 Windrichtungen 241°,8 = WSW. Die mittlere Stärke des Windes betrug 121 (normal 115), die mittlere Veränderlichkeit 49. Tage mit etwas stärkerem Winde (2—3) wurden 43 (normal 53), mit Sturm 16 (normal 12) beobachtet. Der mittlere Ozongehalt der Luft betrug 2,73 und blieb um 1,37 unter dem Mittel aus 9 Jahren. Er war bei Nacht um 2,02 beträchtlicher, als bei Tag.

Im Algemeinen ist der Winter 1868/69 als früher und kürzer als normal, mild, trüb, regnerisch, stürmisch und ziemlich ozonarm zu bezeichnen.

Von den Wintermonaten war der November kalt, trüb und mässig feucht, der December ungewöhnlich warm, trüb, nass und sehr stürmisch, der Januar normal warm, mässig feucht, ziemlich heiter und windstill, der Februar ungewöhnlich mild, trüb, regnerisch und stürmisch, der März endlich kalt, trüb und mässig feucht.

II. Frühling. Der klimatische Frühling (mittlere Tagestemperatur 5°,0—13°9 R.) begann am 18. März und endete mit dem 24. Mai, dauerte daher 68 Tage und war in Dauer wie Anfang nahezu normal.

Die mittlere Temperatur der beiden Frühlingsmonate (April und Mai) betrug 11°,37 und war um 0°,91 höher als normal. Das Maximum der Temperatur fiel mit 19°,6 auf den 14. April, das Minimum mit 0°,3 auf den 1. April. Frühlingstemperatur hatten 50, Sommertemperatur 11 Tage, von welchen 6 auf den April kommen.

Die mittlere Luftfeuchtigkeit betrug 0.65 (normal 0,66), die gefallene Regenmenge 594,8 Cubikzoll auf den Quadratfuss oder 4″,13 Höhe und überstieg das Mittel aus 25 Jahren um 47,9 Cubikzoll. Schnee fiel keiner, Regen an 29 (normal 38) Tagen. Die mittlere Bewölkung betrug 0,55 (normal 0,51).

Die Polarströmung verhielt sich zur Aequatorialströmung wie 51.0 zu 49,0 (normal 49 : 51), die mittlere Windrichtung war 320°,0 = NW. Die Stärke des Windes mit 102 blieb um 19,4 unter dem Mittel, während die Veränderlichkeit mit 60 beträchtlich zu nennen ist. An 22. (normal 29,7) wehte mehr oder weniger starker Wind, an 1 Tage Sturm. Der mittlere Ozongehalt mit 3,20 blieb um 2,65 unter dem 9jährigen Mittel. Bei Nacht war derselbe um 0,15 stärker, als bei Tag.

Mit kurzen Worten ist der Frühling als normal in Anfang und Dauer, warm, etwas trüb, ziemlich nass, windstill und ozonarm zu bezeichnen.

III. Sommer. Der klimatische Sommer (mittlere Temperatur 14° R. und darüber) begann am 25. Mai und endete mit dem 15. September. Er dauerte daher

114 Tage und war von normaler Anfangszeit und um 8 Tage länger, als gewöhnlich. Die mittlere Temperatur der Sommermonate (Juni-August) betrug 14°,78 und war um 0°,96 kühler als normal. Das Maximum der Wärme wurde mit 25°,7 am 24. Juli, das Minimum mit 5°,0 am 2. Juni beobachtet. An 33 Tagen stieg die Temperatur auf 20° und darüber, 6 Tage hatten eine mittlere Temperatur von dieser Höhe, 50 Tage Sommertemperatur, 42 Tage Frühlings- oder Herbsttemperatur. Von letztern fallen 20 auf den Juni, 3 auf den Juli und 19 auf den August.

Die Luftfeuchtigkeit betrug 0,63 (normal 0,65), die gefallene Regenmenge 480,6 Cubikzoll auf den Quadratfuss oder 3".24 Höhe und blieb um 645,6 Cubikzoll unter dem Mittel aus 25 Jahren. An 28 (normal 44) Tagen fiel Regen, Gewitter wurden 9 (normal 13) beobachtet. Die mittlere Bewölkung betrug 0,53 (normal 0,41).

Die Polarströmung verhielt sich zur Aequatorialströmung wie 54,7 zu 45,3 (normal 41 : 59). Die mittlere Windrichtung berechnete sich nach der Lambert'schen Formel zu 299°,0 = WNW. Mehr oder weniger starker Wind (2—3) wehte an 30 (normal 41) Tagen, Sturm an 4 Tagen. Die mittlere Summe der Stärke-Exponenten betrug 100 (normal 121), die mittlere Veränderlichkeit 63. Der Ozongehalt der Luft betrug im Mittel nur 3,31 (normal 6,79) und war bei Tag um 0,12 stärker als bei Nacht.

Mit kurzen Worten ist der Sommer 1869 als normal beginnend, etwas länger als gewöhnlich, kühl, trüb, trocken, ziemlich windstill und sehr ozonarm zu bezeichnen.

Von den Sommermonaten war der Juni ungewöhnlich kühl, trocken, trüb und ziemlich windstill, der Juli sehr warm, trocken und windstill, der August sehr kühl und ungewöhnlich trocken.

IV. Herbst. Der klimatische Herbst (mittlere Temperatur wie beim Frühling) begann am 16. September und endete mit dem 17. Oktober. Er war um 5 Tage später und 31 Tage kürzer, als normal.

Die mittlere Temperatur der beiden Herbstmonate (September-Oktober) betrug 10°,16 und war um 1°,13 kühler als normal. Die höchste Temperatur wurde mit 24°,0 am 10. September, die tiefste mit —2°,0 am 30. Oktober beobachtet.

Die mittlere Luftfeuchtigkeit betrug 0,71 (normal 0,75), die durch Regen und Schnee gefallene Wassermenge 325,5 Cubikzoll auf den Quadratfuss oder 2″,26 Höhe und blieb um 114,6 Cubikzoll unter dem 25jährigen Durchschnitte. Regen fiel an 29 (normal 24), Schnee an 3 (normal 0) Tagen. Die mittlere Bewölkung betrug 0.58 (normal 0.55) Tage.

Die Polarströmung verhielt sich zur Aequatorialströmung wie 25 zu 75 (normal 42-57), die mittlere Windrichtung war 216°,0 = SW. Die mittlere Stärke des Windes betrug 114 (normal 108), die mittlere Veränderlichkeit 51. An 20 (normal 19) Tagen wehte mehr oder weniger starker Wind (2—3), an 3 Tagen Sturm. Der mittlere Ozongehalt der Luft belief sich auf 3,88 und blieb um 0,57 unter dem Durchschnitte aus 9 Jahren. Derselbe war um 0,02 geringer bei Tag, als bei Nacht.

Im Allgemeinen war der Herbst spät, sehr kurz, kalt, ziemlich trüb, trocken und windig.

Von den Herbstmonaten war der September warm, trocken und ziemlich windig, der Oktober ungewöhnlich kalt, regnerisch und windstill.

In Folgendem geben wir schliesslich zur leichtern Uebersicht eine kurze Charakteristik der Witterungsverhältnisse der einzelnen Monate:

Januar: normal warm mit raschem und beträchtlichem Temperaturwechsel, mässig feucht, ziemlich heiter, ozonarm und windstill. Mittlere Temperatur 0°,48; 17 Tage mit Eis, 14 mit Frosttemperatur, 8 Regentage, kein Schnee. Regen-Höhe 12‴ 40. Aequatorialströmung, namentlich S. vorherrschend.

Februar: ungewöhnlich warm, trüb, regnerisch, ziemlich windig und selbst stürmisch. Mittlere Temperatur 5°,66; 1 Tag mit Eis, 17 Frühlingstage; 11 Tage mit Regen, 1 mit Regen und Schnee. Gefallene Wassermenge 8‴ 21. Aequatorialströmung beträchtlich überwiegend, S. bedeutend vorherrschend.

März: kalt, trüb und mässig feucht. Mittlere Temperatur 2°,55; 14 Tage mit Eis, 4 mit Frosttemperatur, 6 Frühlingstage, 19 Tage mit Niederschlag, worunter 8 mit Schnee und 3 mit Regen und Schnee. Höhe des gefallenen Wassers 17‴,08. Polarströmung, namentlich NW, bedeutend vorherrschend.

April: ungewöhnlich warm, heiter, trocken und ziemlich windstill. Mittlere Temperatur 10°,59, keine Tage mit Eis, dagegen 24 mit Frühlings- und 6 mit Sommertemperatur; 8 Regentage, Regenhöhe 13‴.86. Polarströmung, besonders NW. vorherrschend.

Mai: ziemlich kühl, trüb, nass und gewitterreich. Mittlere Temperatur 12°,15; 26 Frühlings-, 5 Sommertage; 21 Tage mit Regen, 6 mit Gewitter, Regenhöhe 35‴71. Aequatorialströmung, namentlich S., beträchtlich vorherrschend.

Juni: ungewöhnlich kühl, trocken, trüb und ziemlich windstill. Mittlere Temperatur 12°,41, 3 Tage mit 20° und darüber, nur 10 Sommertage; 12 Tage mit Regen, Regenhöhe 13''',33. Aequatorialströmung nur wenig über die Polarströmung vorherrschend, NW. am häufigsten.

Juli: sehr warm, trocken und windstill. Mittlere Temperatur 17°,77, 22 Tage mit 20° und darüber und 6 Tage mit einem solchen Tagesmittel; 8 Tage mit Regen, Regenhöhe 13''',25. Polarströmung, vorzugsweise NW., beträchtlich vorherrschend. An 7 Tagen intensiver Höherauch.

August: sehr kühl und namentlich in der zweiten Hälfte ungewöhnlich trocken. Mittlere Temperatur 14°,17, nur 12 Tage mit Sommertemperatur, darunter 8 mit 20° und darüber; 8 Regentage, Regenhöhe 12''',97. Polarströmung vorherrschend, N. am häufigsten.

September: warm, trocken und windig. Mittlere Temperatur 13°,73, 13 Sommertage, worunter 8 mit 20° und darüber, 12 Tage mit Regen. Regenhöhe 9''',85. Aequatorialströmung, besonders S., beträchtlich vorherrschend.

October: kalt, regnerisch und windstill. Mittlere Temperatur 6°,58, 6 Tage mit Eis, 2 mit Frost-Temperatur, 14 Wintertage; 17 Tage mit Regen, 3 mit Schnee, gefallene Wassermenge 17''',29. Aequatorialströmung mit vorherrschendem S. bedeutend überwiegend.

November: kälter als normal, trüb, sehr nass und windig. Mittlere Temperatur 3°,88, 8 Tage mit Eis, worunter 3 mit Frosttemperatur, 17 Wintertage; 16 Tage mit Regen, 1 mit Schnee, 3 mit Regen und Schnee, gefallene Wassermenge 35''',43. Aequatorialströmung, besonders S., bedeutend vorherrschend.

December: kalt, trüb, nass und ziemlich windig. Mittlere Temperatur 0°,24, 21 Tage mit Eis, 15 mit

Regen, 6 mit Schnee, 1 mit Regen und Schnee, gefallene Wassermenge 23‴,00. Aequatorialströmung etwas vorherrschend, S. am häufigsten.

Besondere Erscheinungen: am 20. Januar, 31. October, 1., 2., 3., 4. und 22. November wurden hier Erderschütterungen wahrgenommen.

Notizen aus der Thierwelt: am 1. März kam der Storch, am 9. April die Rauchschwalbe, am 10. April die Mauerschwalbe, am 15. April die Hausschwalbe hier an. Am 13. April schlug die Nachtigall, am 27. liess der Kukuk seinen Ruf ertönen. Am 13. April flogen Maikäfer.

Stand des Rheines: mittlere Pegelhöhe 9′ 9″, höchste 18′ 2″ im December, tiefste 5′ 9″ im October.

Am 22. Januar stellte sich das Eis im Neckar und ging am 2. Februar wieder ab.

Resultate

der meteorologischen Beobachtungen in Mannheim im Jahre 1869 von Dr. **E. Weber**.

Monat.	Barometer reduc. auf 0° R.							Thermometer R.										
	Morg.	Nachm.	Abends.	Med.	Maxim.	Min.	Diff.	Mrg.	Nchm.	Abds.	Med.	Max.	Min.	Diff.	Tage m. Eis.	Tage mit 20° u. darüber.	Mittlere Temp. auf od. unter 0°	Mittlere Temp. auf od. über 20°
Jan.	335‴,88	336‴,06	336‴,21	336‴,05	340‴,17	328‴,59	11‴,58	-0°,83	1°,96	0°,31	0°,48	8°,8	-11°,2	20°,0	17	—	14	—
Febr.	334,44	334,42	334,66	334,41	338,84	328,81	10,03	4,32	7,39	5,26	5,66	11,4	-0,4	11,8	1	—	—	—
März	329,87	329,74	329,98	329,86	335,71	322,79	12,92	0,82	4,44	2,39	2,55	9,5	-3,0	12,5	14	—	4	—
April	333,53	333,38	333,33	333,40	337,20	327,18	10,02	7,93	13,64	10,22	10,59	19,6	0,3	19,3	—	—	—	—
Mai	331,82	331,67	331,69	331,73	335,55	327,31	8,24	10,76	14,61	11,09	12,15	19,1	4,9	14,2	—	—	—	—
Juni	334,03	333,91	333,94	333,96	337,24	329,25	7,99	10,88	14,47	11,87	12,41	21,8	5,0	16,8	—	3	—	—
Juli	334,33	334,01	334,15	334,17	337,86	331,18	6,68	16,02	20,33	17,04	17,76	25,7	10,0	15,7	—	22	—	6
Aug.	334,53	334,44	334,54	334,50	336,70	328,94	7,76	12,32	16,76	13,44	14,17	22,8	7,0	15,8	—	8	—	—
Sept.	333,36	332,98	333,08	333,14	337,33	328,31	9,02	11,29	16,90	13,00	13,73	24,0	5,5	18,5	—	8	—	—
Octbr.	334,16	334,09	334,32	334,19	337,90	327,92	9,98	4,77	8,72	6,24	6,58	17,5	-2,0	19,5	6	—	2	—
Novbr.	332,84	332,65	332,92	332,94	339,63	325,65	13,98	3,10	4,81	3,69	3,88	10,0	-3,1	13,1	8	—	3	—
Decbr.	332,08	332,00	332,19	332,09	339,45	326,25	13,20	-0,64	1,31	0,04	0,24	10,0	-11,1	21,1	21	—	15	—
Sum.	—	—	—	—	—	—	—	—	—	—	—	—	—	—	67	41	38	6
Med.	333‴,40	333‴,28	333‴,42	333‴,37	337‴,79	327‴,68	10‴,11	6°,73	10°,45	7°,88	8°,35	16°,68	0°,16	16°,52	—	—	—	—

Barometer:
Maxim. 340‴,17 (am 19. Januar).
Minim. 322‴,79 (am 2. März).
Diff. 17‴,38.

Thermometer:
Maxim. 25°,7 (am 24. Juli).
Minim. -11°,2 (am 23. Januar).
Diff. 36°,9.

Monat.	Psychrometer. Par. Linien.							Hygrometer. Procente.							Hyetometer.	Atmometer.
	Morg.	Nachm	Abds.	Med.	Max.	Min.	Diff.	Morg.	Nachm	Abds.	Med.	Max.	Min.	Diff.	Cubikzoll auf den Quadratfuss.	Par. Linien Höhe.
Januar .	1''',74	1''',78	1''',76	1''',76	3''',12	0''',56	2''',56	85	69	80	78	98	41	57	148,8	13''',20
Februar	2,54	2,81	2,61	2,65	4,01	1,58	2,43	84	72	80	79	100	47	53	98,5	19,97
März . .	1,83	1,89	1,91	1,88	2,76	1,20	1,56	83	63	76	74	97	34	63	205,0	27,44
April . .	3,11	2,88	3,03	3,01	4,46	1,44	3,02	76	45	61	61	102	25	77	166,3	57,12
Mai . . .	3,93	3,87	4,07	3,96	6,05	1,98	4,07	76	56	77	69	94	31	63	428,5	62,30
Juni . .	3,77	3,47	3,68	3,64	5,45	2,10	3,35	72	52	65	63	93	28	65	166,0	67,45
Juli . . .	5,21	5,02	5,35	5,19	7,19	3,25	3,94	72	48	65	62	95	23	72	159,0	89,74
August .	4,49	4,14	4,35	4,33	7,11	2,30	4,81	76	50	68	64	93	31	62	155,6	74,03
Septbr. .	4,25	4,03	4,33	4,20	5,80	2,10	3,70	79	48	69	65	94	30	64	118,1	63,31
October	2,84	2,94	3,04	2,94	5,33	1,52	3,81	87	65	81	78	100	41	59	207,4	25,72
Novemb.	2,42	2,55	2,42	2,46	4,31	1,33	2,98	88	79	84	84	100	51	49	425,2	15,93
Decemb.	1,78	1,93	1,88	1,86	3,93	0,58	3,35	88	82	88	86	100	48	52	276,0	10,45
Summa.	—	—	—	—	—	—	—	—	—	—	—	—	—	—	2554,0	526''',66
Med. . .	3''',16	3''',11	3''',20	3''',16	4''',96	1''',66	3''',30	80	61	74	72	97	36	61	17'',74	1''',44
	Maxim. 7''',19 (am 29. Juli). Minim. 0''',56 (am 26. Januar). Diff. 6''',63.							Maxim. 102 (am 9. April). Minim. 23 (am 24. Juli). Diff. 79.							Höhe.	täglich.

Resultate

der meteorologischen Beobachtungen in Mannheim im Jahre 1869 von Dr. **E. Weber.**

Monat.	Wind.																	Ozonometer (Schönbein).		
	Richtung (Procente der Häufigkeit).										Mittlere Richtung.	Tage mit Wind.				Stärke.	Veränderlichkeit.	Tag.	Nacht.	Medium.
	NW	N	NO	O	SO	S	SW	W	O-N	W-S	(Lamb. Formel)	2	3	4	2—4					
Januar .	12	13	12	9	2	45	2	5	46	54	166°,2 = SSO	6	1	—	7	104	40	1,55	2,80	2,18
Februar	20	5	6	—	3	36	11	19	31	69	236,6 = WSW	4	6	4	14	126	42	3,32	4,61	3,97
März . .	27	23	11	3	6	12	8	10	64	36	324,1 = NW	10	2	2	14	113	58	1,39	2,84	2,12
April . .	28	23	3	6	2	26	2	10	60	40	307,5 = NW	7	4	—	11	93	57	2,13	2,37	2,25
Mai . .	19	11	11	1	4	35	10	9	42	58	332,5 = SW	8	3	1	12	112	63	4,13	4,19	4,16
Juni . .	27	17	2	2	2	19	13	18	48	52	280,1 = W	8	1	1	10	101	61	4,10	4,20	4,15
Juli . .	33	17	5	7	7	17	4	10	62	38	312,6 = NW	12	2	—	14	92	66	3,32	2,26	2,79
August	20	27	2	5	2	18	2	24	54	46	304,3 = NW	9	1	1	11	108	61	2,68	3,29	2,98
Septbr.	12	6	4	3	13	25	16	21	25	75	222,1 = SSW	9	3	3	15	124	54	3,80	3,97	3,89
October	12	6	4	3	4	45	15	11	25	75	209,9 = SSW	8	—	—	8	99	48	3,93	3,78	3,86
Novbr.	10	9	1	—	2	34	16	28	20	80	235,8 = SW	4	7	3	14	132	47	3,60	5,10	4,35
Decbr. .	16	27	5	—	5	32	5	10	48	52	274,7 = W	5	4	2	11	121	40	2,45	3,97	3,21
Summa	236	184	66	39	52	344	104	175	525	675	—	90	34	17	141	1325	—	—	—	—
Medium	19,7	15,3	5,5	3,2	4,3	28,7	8,7	14,6	43,7	56,3	267°,2 = W	—	—	—	—	110,4	53,1	3,03	3,61	3,32

Monat.	Bewölkung (Procente). Morg.	Nachm	Abds.	Med.	Tage: heitere	getrübte: unterbroch. heitere	getrübte: durchbroch. trübe	trübe	Meteore. Regen	Schnee	Regen u. Schnee	Summe beider	Duft	Nebel	Höherauch	Reif	Hagel	Graupeln	Glatteis	Gewitter
Jan.	72	52	56	60	4	8	9	10	8	—	—	8	2	4	—	9	—	—	—	—
Fedr.	83	76	70	76	1	3	12	12	11	—	1	12	1	2	—	5	1	—	—	1
März	80	88	81	83	—	6	7	18	8	8	3	19	—	2	—	5	—	1	—	—
April	55	44	34	44	8	9	9	4	8	—	—	8	12	2	2	1	—	—	—	—
Mai	62	73	60	65	1	8	14	8	21	—	—	21	4	—	2	—	—	—	—	6
Juni	62	67	53	61	—	11	14	5	12	—	—	12	4	1	2	—	1	—	—	4
Juli	51	51	42	48	7	7	13	4	8	—	—	8	14	1	7	—	—	—	—	5
Aug.	55	53	38	49	3	14	9	5	8	—	—	8	19	—	4	—	—	—	—	—
Sept.	52	52	50	51	4	10	13	3	12	—	—	12	11	3	—	—	—	—	—	2
Oct.	71	73	51	65	3	4	17	7	17	3	—	20	2	6	—	8	—	—	—	—
Nov.	82	90	78	83	1	4	7	18	16	1	3	20	—	5	—	6	1	—	—	—
Dec.	82	77	61	73	1	5	14	11	8	6	1	15	5	6	—	6	—	—	1	—
Sum.	—	—	—	—	33	89	138	105	137	18	8	163	74	32	17	40	3	1	1	18
Meb.	67	66	58	63	—	227		—	—	—	—	—	—	—	—	—	—	—	—	—

Inhalts-Verzeichniss.

CPSIA information can be obtained
at www.ICGtesting.com
Printed in the USA
LVHW101120280223
740521LV00003B/412

9 783382 401610